나는 나를 위로한다

나는 나를 위로한다

,

포스트 코로나 시대 셀프 위로법

글서 지음

지금이 힘든 당신에게 권하는
나에게로의 여행

,

일곱 살의 나와 팔순의 내가 현재의 내 옆에 앉는다.

내 손을 팔순의 내가 꼭 잡는다.

팔순의 나는 현재의 내 가슴을 쓸어준다.

그리고 작게 속삭인다.

"괜찮아! 정말 괜찮아! 지금의 네가 속상해하는 일은

팔순의 내게 정말 아무것도 아니야! 괜찮아!"

| 프롤로그 |

나에게서 나에게로의 연결고리를 찾다

컴퓨터 자판을 힘주어 꾹꾹 누르며 프롤로그를 적는다.

학창 시절 읽었던 그녀의 첫 작품은 공장에서 일하며 작가의 꿈을 꾸었던 작가 자신의 모습이 담겨 있었다. 《난장이가 쏘아올린 작은 공》을 노트에 연필로 꾹꾹 눌러 적으며 작가가 되는 모습을 희망했다고 쓰여 있었다. 그렇게 힘주어 꾹꾹 눌렀다고 적힌 《외딴방》의 한 부분을 나는 힘주어 여러 번 읽어 내렸다.

그렇게 난 어린 시절 화목하지 못했던 집안의 우울함을 그녀의 책을 읽으며 꾹꾹 눌렀다.

'지금의 상황 때문에 우울한 것이 아니라 이 책 때문에 우

울한 거야!'

그렇게 그녀의 작품을 읽을 때마다 깊은 우울감에 충만하곤 했다. 설사 그녀의 작품 일부가 표절이었다 하더라도 그 시절 내겐 더없이 큰 위로를 주는 친구였다. 나의 어린 시절을 견디고 또 글로 승화하는 힘의 원천이 되어준 신경숙 작가에게 이 책을 통해 감사의 마음을 전하고 싶다.

이렇게 누구든 과거의 나와 현재의 내가 이어져 있다. 과거가 쌓여 현재의 내가 되고 현재가 쌓여 미래의 나를 만든다. 그런 의미에서 '과거의 나', '현재의 나', '미래의 나'는 복잡하게 얽혀 서로에게 영향을 미친다. 그렇게 복잡하게 얽힌 나를 가장 잘 아는 것은 나뿐이다. 줄곧 책만 읽는 나를 보며 부모님은 책을 좋아한다고 생각했고, 독서광인 나를 자랑스럽게 여기셨다. 하지만 실제의 난 자신만의 상상 속 세상으로 여행을 떠나 있었을 뿐이다. 상상 속 세상은 내 맘대로 꾸밀 수 있다. 그 안에서 현재는 존재하지 않았다.

인간은 다양한 나를 가지고 있다. 김난도 교수는 《트렌드 코리아 2020》에서 현대인의 가장 큰 특성으로 멀티 페르소

나를 언급했다. 멀티 페르소나는 자아가 여러 개라는 뜻으로, 개인이 상황에 맞게 다양한 정체성을 표현하는 것을 뜻한다. 회식할 때의 나, 남자친구와 있을 때의 나, 혼자 있을 때의 나, 회사에서의 나는 모두 다른 모습이다. 이 중 진짜 나는 누구일까? 우린 다양한 상황에서 제각각 다른 나의 모습을 가지고 있다. 이렇게 다양한 나는 '다른 사람도 알고 나도 아는 나', '나는 모르고 다른 사람만 아는 나', '다른 사람은 모르고 나만 아는 나', '다른 사람도 나도 모르는 나' 네 가지로 분류된다. 누구에게나 다른 사람에게 드러내지 않는 '나'가 있다. 깊이 있는 비밀은 누구에게도 표현하지 못하고 홀로 간직한다. 그래서 진짜 나는 나밖에 알지 못하고, 깊이 있는 상처의 진정한 위로는 나만 할 수 있다.

이때 힘든 시절의 나와 보듬어주는 나의 시점은 스스로 선택할 수 있다. 예를 들어 과거에 힘든 일이 있었다면, 현재의 나를 과거로 보내 '과거의 나'를 위로한다. 지금 내 아이를 안아주듯이 따뜻하게 안아주고, '괜찮아!'라고 말하며, '사랑해!'라고 속삭인다. 지금의 내가 힘들다면, 어린 시절의 나와 미래의 나를 지금의 내 옆에 오게 한다. 그리고 안아준다. 그렇게 나를 보듬을 수 있다.

이 책은 내가 이혼을 경험하며 나를 위로했던 방법을 적은 글이다. 이혼이나 사별을 경험한 이들을 추적 연구한 결과 평균수명이 5년 정도 줄었다는 논문을 본 적이 있다. 이혼은 경험해보지 않고는 그 깊이의 아픔을 설명하기 힘들 정도의 상처를 받는다. 당시에는 친구나 가족, 지인 누구에게도 위로받지 못할 만큼의 상처가 생겼다. 견디기 힘들 정도의 정신적 데미지는 나를 수렁 안으로 빠뜨렸다. 보수적이던 내게 이런 일이 생길 거라고 상상해본 적이 없었고, 현재 상황을 수용하기에 마음은 점점 척박해졌다.

그러던 어느 날부터인가 이 책을 쓰기 시작한다. 책상에 앉아 에피소드 하나하나 쓰면서 내 마음을 보듬기 시작했다. 그리고 마지막 장면인 여든 살의 나와 일곱 살의 내가 양쪽에 앉아서 마흔의 내 등을 쓰다듬으며 '괜찮아! 지금의 내게 그건(이혼은) 아무것도 아니야!'라고 말하는 장면을 쓰고는 이혼 후 처음으로 대성통곡했다. 일곱 살의 난 이혼이라는 단어의 무게감, 사회 고정관념을 모르는 나이고, 여든 살의 난 이혼을 깊게 생각할 만큼 삶이 길게 남아있질 않았다. 두 가지 상황에서 벗어난 위로는 척박했던 내 마음을 조금씩 아물게 만들었다. 그 후 다른 사람의 위로가 귀에 들어

왔다. 가족의 위로가 귀에 들리기 시작했고, 친구들에게 나의 슬픔을 말할 수 있었다.

내 삶의 어느 상처를 보듬어야 하는지 과거와 현재와 미래의 연결고리에 관해 충분히 이해하는 유일한 사람은 나뿐이다. 그 힘든 시간은 어린 시절일 수도 있고, 현재일 수도 있다. 이 책을 통해 독자가 내 힘든 시간을 선택하고 그 시간으로 나를 보내 힘들게 하는 원인을 찾아 연결고리를 끊고 자신을 보듬을 수 있길 바란다.

언제 끝날지 알 수 없는 포스트 코로나 시대가 열렸다. 풍요로운 뷔페에 가서 먹고 싶은 음식을 편안하게 고르고 세계 각국을 여행하며 자유를 만끽하던 시절은 잠시 멈추었다. 대인관계가 활발하던 사람들도 잠시 멈추어야 하는 시대가 지금이다. 화상전화나 SNS가 대신해주기에 뭔가 부족하다. 가뜩이나 '혼밥', '혼술'하던 우리에게 더없이 가혹하고 외로운 현실이다. 내가 이혼의 아픔을 위로했듯이 자신에게 필요한 그 누군가를 독자 스스로 찾을 수 있게 되길 희망한다.

,

차례

프롤로그 006

1

나에게서 시작되는 여행

01 / 그 사람이 나를 만졌어요! 018

2

동심은 예쁘다

02 / 동심으로의 마음여행 036

03 / 동심은 따뜻한 엄마의 품 052

04 / 동심은 내 마음의 반창고 064

05 / 동심으로 감정의 미니멀리즘 078

3

동심의 꽃은 활짝 피었다

06 / 꽃봉오리는 내 마음의 방패 094

07 / 마음의 꽃봉오리를 피우다 112

08 / 내 마음의 꽃향기는? 124

09 / 마음의 꽃잎이 지다 136

4

지금이 더 힘든 것이 아니다

10 / 처음 느낀 공포의 감정 152

11 / 좋은 일과 나쁜 일 164

12 / 힘듦의 첫 경험 176

13 / 비 올 땐 밖에 나가는 거 아냐! 186

5

인생에서 일어난 엄청난 일

14 / 어른세계에만 있는 규칙 196

15 / 동심은 언제나 옳다! 208

16 / STOP! 이제 그만! 226

6

감정의 미니멀리즘

17 / 나, 지금 여기! 240

18 / 감각의 극대화 252

19 / 미래의 나를 만나다! 264

참고문헌 278

1

나에게서 시작되는 여행

‘

01

그 사람이 나를 만졌어요!

’

나는 과거의 나와 연결된다.

서점에서 북토크를 하던 날이었다. 그날따라 인파가 거의 없었는데, 머리가 희끗희끗한 노년의 한 여성분이 뒷자리 어느 즈음에 앉아 시작하기를 기다린다. 종종 서점 직원의 권유로 앉는 분이 계셨던 터라 그냥 북토크가 뭔지 구경하려는가 보다 생각했다. 책에 관한 질문을 받기 시작하자 노부인이 조심스레 마이크를 잡았다.

"저는 피아노를 전공했습니다."

한마디하고 가빠지는 숨을 고르기 위해 한숨을 내쉬었다.

"들으면 아실 만한 외국 대학에서 유학도 했고요. 어릴 때 피아노 학원에 다녔는데, 집에서 한 길만 건너가면 되는 가까운 거리였어요. 거기에서 매일 피아노를 연습했죠."

말투나 외모에서 학벌이 높고 단아한 자태가 보였다. 다시 힘들게 큰 숨을 들이킨다.

"어느 날이었어요. 그날도 학원에 갔는데 선생님이 내 몸을 만지는 거예요. 그러고는 내 몸에 몹쓸 짓을 했어요. 매일 다니는 피아노 학원에서요. 매일…."

여기까지 내뱉은 노부인은 갑자기 손으로 얼굴을 감싸

쥐고 흐느끼기 시작했다. 직업상 감정노동을 강의하며 자연스럽게 경험하는 눈물이지만 북토크에선 처음이라 순간 나도 당황했다. 몇 분 전 뒷자리 어느 즈음에 편하게 앉아 있던 모습에서는 상상하기 힘든 상황이 전개되고 있었다. 얼굴을 감싸 쥐고 노부인은 울부짖기 시작했다.

"그때 엄마는 어디 있었을까요? 왜 날 지켜주지 않았을까요? 엄마가 지켜줬어야 하지 않아요? 그때 난 겨우 일곱 살이었다니까요."

이내 목놓아 울어버린다. 어린 시절, 피아노 학원 선생님에게 성추행을 당했던 상처는 머리가 희끗희끗한 지금도 처음 보는 사람 앞에서 목놓아 울어버릴 만큼 커다랗게 마음에 살아있었다. 노부인은 피아노 선생님이 아닌 엄마에게 그 상처를 미루었고, 상처는 그렇게 엄마에 대한 미움으로 변해버렸다. 급하게 내민 티슈로 눈물을 훔치고 그녀는 진정하려고 애쓴다.

잠시 후, 이제야 진정된 노부인에게 질문한다.

"당시의 상황을 엄마에게 말해봤나요?"

그녀는 고개를 가로저었다.

'일곱 살, 얼마나 무서웠을까? 얼마나 힘들었을까? 매일

다니던 집 앞의 피아노 학원 선생님은 집으로 돌아와서도 계속 지켜보는 것 같았을까? 엄마에게는 왜 도움을 청하지 않았을까? 아니, 도움을 청하지 못한 걸까?'

그녀의 아픔이 내게 전해지며 수많은 생각이 뇌리를 스쳐 지나갔다.

"일곱 살의 나는 왜 그랬을까요?"

"엄마한테 말하면 가만두지 않겠다고 했어요. 그땐 너무 무서웠어요."

노부인의 표정은 일곱 살의 두려움으로 가득했다. 아이 같은 표정의 그녀를 보며 내가 묻는다.

"선생님께서 말하지 않아도 엄마는 그 사실을 알 수 있을까요?"

그녀는 다시 고개를 가로저었다.

"엄마가 아셨다면, 피아노 학원에 계속 보냈을까요?"

"아니요!"

노부인의 어깨가 다시 흔들리며 고개를 숙인 채 울음이 새어 나왔다. 내 눈에도 눈물이 고였다. 너무 안타깝고 속상한 마음을 전하려고 노력하며 천천히 말한다.

"엄마가 아셨다면, 선생님을 지켜주셨을 거예요. 일곱 살

그 사람의 상처가
나아지길 바라는 마음으로
따뜻한 기운을 보냅니다.
그 사람이 행복해지길
바라는 마음을
왼손으로 보냅니다.

당시 선생님의 선택으로 인한 상처를 어머니께 미루시면 안 돼요."

그녀는 성장하면서 엄마와의 사이가 더 나빠졌고, 자신의 딸이 시집갈 나이가 된 지금까지도 돌아가신 엄마를 용서하지 못한다고 했다. 흐느끼며 그건 옳지 않다는 것도 자기도 알고 있지만 그땐 지켜주지 못한 엄마가 너무 미웠다고 말한다.

우리는 가끔 잊는다. 과거의 나와 현재의 나, 미래의 내가 모두 연결되어 있고, 과거의 행동이나 결정이 현재의 나와 미래의 내게 영향을 미친다는 것을 잊고 살아간다. 그래서 생을 살아가는 데 있어 큰 상처는 내가 아닌 다른 원인 때문이라고 탓하기도 한다. 그건 자기방어의 수단 중 하나인 치환이다. 치환은 자신의 잘못을 알고도 나를 보호하기 위해 사건의 원인을 다른 사람에게로 돌리는 것을 의미한다.

노부인에게 다가가 손을 잡고 그녀의 눈을 바라봤다.

"선생님, 명상을 시작할 텐데요. 일곱 살의 선생님을 이 자리에서 만날 수 있을까요?"

말없이 고개를 끄덕인다. 자리로 돌아가 명상음악을 틀었다. 조용하고 편안한 음악의 선율이 서점 구석에서 흘러

나온다. 이러려고 오늘 서점에 인파가 없었던 걸까? 이러려고 서점 구석에 자리를 마련한 걸까? 아무도 없는 넓은 서점의 구석에서 우리는 자유롭게 하고 싶은 대로 했다. 부담 없이 음악 볼륨을 살짝 높인다. 그러고는 옆에 앉은 다른 독자 두 분을 노부인의 양옆에 앉아달라고 부탁했다. 그리고 천천히 명상을 시작한다.

"천천히 호흡하며, 가슴을 쓸어내려 주세요. 등을 기대고 앉아 편안하게 호흡하세요. 계속해서 가슴을 쓸어내리며 머릿속의 생각을 내려놓으세요. 가슴을 계속해서 쓸어내리며 몸의 긴장을 풀고 편안하게 호흡합니다."

긴장을 이완하고 이제 일곱 살의 여행을 떠날 시간이다.

"가장 상처받았던 내가 있는 장소로 현재의 나를 보내세요. 그것이 일곱 살일 수도 있고, 열 살일 수도 있습니다. 그리고 현재의 내가 가장 힘들다면 위로받고 싶은 나를 내 옆에 앉힙니다. 그것은 미래의 나일 수도 있고, 과거의 나일 수도 있습니다. 상처받았던 내가 있는 곳으로 가거나 위로받고 싶은 나를 내 옆에 앉히셨나요?"

모두 조용히 머리를 끄덕였다.

"자, 이제 상처받았던 나를 안아줍니다. 자신의 가슴을 계속해서 쓸어내리며 상처받았던 나라고 생각하세요. 그리고 따라서 말합니다. 상처받았던 나를 위로합니다."

"상처받았던 나를 위로합니다."

"상처받았던 나를 사랑합니다."

"상처받았던 나를 사랑합니다."

"남들은 모르는 상처받았던 나를 나는 사랑합니다."

"남들은 모르는 상처받았던 나를 나는 사랑합니다."

"이제 양쪽 모두와 손을 잡습니다. 내 왼쪽에 있는 사람의 손이 상처받은 나라고 생각하세요. 자신의 왼손에 사랑의 기운을 담아 보냅니다. 그 사람의 상처가 나아지길 바라는 마음으로 따뜻한 기운을 보냅니다. 그 사람이 행복해지길 바라는 마음을 왼손으로 보냅니다. 나의 오른손으로 상대가 보내오는 사랑의 기운을 받습니다. 상처가 나아지길 바라는 마음을 받습니다. 행복해지길 바라는 마음을 받아 봅니다. 자, 이제 상처받은 내게 말합니다. 같이 따라 해주세요~ 괜찮아! 괜찮아!"

"괜찮아! 괜찮아!"

"이제 내가 지켜줄게!"

"이제 내가 지켜줄게!"

노부인은 옆 사람의 손을 잡고 눈을 감은 채 목놓아 울었다. 전의 울음보다 속 시원함이 느껴졌다. 참아내기 힘든 더 예전에 터졌어야 하는 울음이었다. 농도가 짙은, 그래서 주변 사람에게 전염성이 있는 울음이었다. 내 눈에도 눈물이 고인다.

울음이 그치기를 기다렸다가 그 자리에 모인 모두가 일어나서 가운데 선 노부인을 단체로 꼭 안아준다. 안아줄 때 '당신은 좋은 사람입니다'라고 생각하며 그 기운을 최대한 노부인에게 전달하려는 마음으로 따뜻하게 안아준다. 우리는 부동자세로 그렇게 한참 서있었다. 그 장소가 서점이라고 생각하기 힘들 정도의 마음의 자유로움을 느꼈다.

명상과 북토크가 끝나고 사인을 하는데, 노부인이 수줍은 표정으로 마지막에 책을 두 권 들고 와 말한다.

"딸에게 가서 책을 주고 오늘 있었던 일을 말하려고요. 그리고 일곱 살 때 있었던 일도요. 이제 가슴속에 묻어두지 않으려고 해요. 오늘 정말 감사합니다."

그렇게 말하는 그녀의 표정에서 느낄 수 있었다. 일곱 살 그녀의 상처를 지금의 그녀에게로 가져왔다는 것을. 일곱 살 그대로 곪아있던 그녀의 상처를 노부인이 된 지금으로 상처받았던 나를 위로합니다.

상처받았던 나를 사랑합니다.

상처받았던 나를 사랑합니다.

시간의 흐름을 입히고 반창고를 붙여 희미한 상처로 다시 가져왔다는 것을 말이다.

진정한 위로는 나만이 할 수 있다.

세상의 모든 것은 나에게서 시작된다. 상처든 성장이든 나에게서 시작되는 모든 연결고리의 결정체일 뿐이다. 그래서 남들은 모르는 내 상처를 깊이 있게 보듬고 위로할 수 있는 건 오직 자기 자신뿐이다. 그대로의 자기를 받아들이고 자기를 이해하며 자기를 위로하는 과정은 쉽지 않다. 포스트 코로나 시대는 우리에게 많은 변화를 안겨주고 있다. 전염병에 대한 두려움은 타인에 대한 두려움이 되기도 하고, 경제적 어려움으로 변하기도 하며, 대부분의 시간을 혼자 이겨내야 하는 과제를 주기도 한다. 이제 코로나19가 생긴 이후의 세상은 이전과 많이 달라져 버렸다. 이렇게 지금이 힘든 내가 타인에게 위로받을 수 없다면, 가장 주관적이었던 어린 시절의 나에게 위로 받을 수 있을까? 어린 시절 겪었던 그 느낌, 그 장면, 그 사건을 말로 설명한들 누가 다 알 수 있을까? 나밖에 모르는 일이다. 그 모든 것을 다시 떠올려 지금의 나의 사건과 비교해본다. 왜일까? 닮은 구석이 있다. 이 책은 그렇게 자기self를 알아가는 과정을 제시한다.

또한, 현재의 감정을 잠시 내려놓고, 과거의 감정이나 감각에 집중할 것을 권한다.

그렇게 맛있었던 과일이나 음식, 신기하던 달팽이나 개미에 집중해본다. 지금 내 감정을 내려놓고 감각을 살려 심리학에서 말하는 '지금, 여기!'를 사는 나를 만든다. 생각 속에서 사는 나를 벗어나는 과정이다. 챕터 사이에 어린 시절 유심히 보았던 동·식물의 다양한 사진을 넣었다. 자신이 좋아하는 감각을 되새겨보길 바란다.

그렇게 현재의 나를 다시 바라보고, 보듬고, 쓰다듬

어주는 과정을 어린 시절의 내가 정말 할 수 있을까? 그렇게 명상하듯이 천천히 이 책을 읽기를 권한다. 맛을 느끼듯 천천히 이 책을 음미하기를 바란다. 지금 이 순간은 의심하지 말자.

그냥 한번 떠나보자!

동심의 세계로….

창피함도
어떤 계산도
없었던
그 시절!

어린 시절의

비 내리는 날 달팽이를 떠올려 본다.

느릿느릿,

천천히 기어가는 것이 신기하다.

만져본다.

미끈거린다.

달팽이가 등껍질 속으로 쏙 들어간다.

2

동심은 예쁘다

02

동심으로의 마음여행

현재의 나

어느 날, 문득 난 마흔이 되어버린다.

20대에는 내가 서른이 되면 삶이 안정적으로 변할 거라 기대했다. 경제적, 사회적으로 내가 원하는 수준으로 되어있을 것이라고 나의 30대를 상상한다. 그도 그럴 것이 그 무렵 봤던 드라마의 주인공들은 30대 즈음 되면 모두 전문적인 일을 하고 있었다.

그렇게 30대가 되면 드라마의 주인공은 허구였음을 알게 된다. 어설펐던 20대를 지나 현실을 보게 된다. 그러나, 진짜 인생에서는 시간이 더 필요하다.

그리고 마흔이 되면….

그러다 마흔이 되면서 알아차리게 되었다.

드라마에 나오는 성공적인 삶이란, 처음부터 없었다는 것을…. 이것이 바로 살아짐이라는 것을…. 사는 것은 처음도 끝도 지금과 같은 연장선이라는 것을….

지금보다 나아짐이란, 처음부터 없었다는 것을….

다만 나아감만이 있을 뿐….

그래서, 우린 40세를 불혹이라고 칭한다.

불혹(不惑)은 세상일에 정신을 빼앗겨 갈팡질팡하

나이듦이란,
인생의 나아짐이 아니다.

생은 칠정이 뒤섞여
그렇게 흘러간다.

거나 판단을 흐리는 일이 없게 되었음을 뜻한다.

어떤 유혹에도 넘어가지 않는다는 마흔은 어쩌면 어느 정도 현실적인 삶의 인정을 의미하리라….

뇌과학 연구 결과, 인간은 나이가 들수록 전두엽에서 행복감을 느끼는 수치가 높아지는 것으로 나타났다. 반면, 부정적인 감정의 느낌은 둔감해진다고 한다. 이 연구 결과가 연령이 높아질수록 삶의 질이 높아지는 것을 의미하는 것은 아닐 것이다.

나이가 들면서 삶에 대해 내려놓게 되었음을 의미하는 것은 아닐까?

그렇게 마흔이 되었다.

대학 시절 교양과목으로 '어떻게 살 것인가?'라는 과목을 들은 적이 있다. 교수님의 강의 내용은 기억나지 않는다. 그럼에도, 삶에서 힘든 일이 생길 때면 그 과목명이 떠오르곤 한다.

'어떻게 살 것인가? 사람에 치여 상처받고, 지친 나를 이제 생에서 어떻게 끌고 가야 할까?'

삶이 너무나 힘들었던 30대의 마지막 해 어느 날, 네 살배기 딸아이를 어린이집에 데려다주고 돌아오는 길이었다.

공원을 걷다 문득 하늘을 보고 걸음을 멈췄다.

어릴 적, 마당에 돗자리를 깔고 누워 가만히 하늘을 보던 때가 떠올랐다. 구름이 소리 없이 지나가는 것을 멍하니 바라보던 그 시간을 참 좋아했다.

그렇게 나의 여섯 살 소녀 시절로 돌아가 본다.

소녀 옆에 지금의 내가 가만히 누워본다.

소녀가 보고 있는 구름을 가만히 바라본다.

가만히….

아래 있는 구름이 더 빨리 지나가고, 위에 있는 구름이 더 천천히 지나가는 속도를 느껴본다. 그러다 갑자기 눈시울이 뜨거워진다.

무엇이 중요한가?

일이 중요한가, 내가 중요한가?

다른 사람이 중요한가, 내가 중요한가?

나의 삶은 누구의 삶인가?

그리고….

어떻게 살아야 할 것인가?

지금의
하늘을
바라본다.

구름을 보다 머릿속의 모든 질문을 내려놓은 나를 발견한다. 조용히 구름을 바라보던 나는 조금씩 마음이 따뜻해졌다. 여섯 살 소녀는 그렇게 마흔인 내 손을 가만히 잡은 채로 하늘을 바라보고 있다.

그때 깨달았다.

지금의 나를 위로해줄 수 있는 사람은 나를 가장 잘 알고 있는 나 자신이라는 것을….

그리고 또 알게 된다. 어린 시절의 회상을 계속한다면, 지금의 나를 현실에서 떨어져 좀 더 객관적으로 그리고 건강하게 바라볼 수 있지 않을까?

그래서 이 책을 읽는 독자에게 권한다.

이 책은 필자의 어린 시절을 중심으로 전개된다. 그러나 하나의 예시일 뿐이다.

모두 자신의 어린 시절을 회상하는 시간을 가져보길 권한다.

가장 좋은 방법은 잠자기 전, 이불 속의 몽롱함의 힘으로 내 어린 시절로 가보는 것이다.

그렇게 어린 시절에서 현재의 좌절도, 미래의 불안감도 잠시 내려놓을 수 있게 되길 바란다. 감정을 내려놓고 내 생에서 감각 주머니가 가장 컸던 그 시절의 감각에 집중해보길 권한다. 그 과정에서 현재의 감정이 미니멀화 될 수 있기를 기대한다.

그런 마음으로 이 책을 시작한다.

현재의 힘들었던 삶에서 벗어나 동심의 세계로 나를 보내보고, 그때 느꼈던 다양한 기분과 느낌 그리고 좋은 감각을 다시 경험하고 돌아오면 조금은 편안해진 나를 만날 수 있을까?

모르겠다.

이것도 저것도 아닌 그냥 동심의 세계만 느껴봐도 좋지 않을까?

무엇이 필요한가? 가장 순수했던 시절로 나를 보내 볼 수 있다면…. 그렇게 이 글을 읽는 독자가 동심을 느끼고 만끽하길 바란다.

자기참조적 단서로 떠나는 동심

Davis(1979)는 현재와 미래에 대한 부정적인 느낌을 기반으로 하여, 모든 것이 지금보다는 예전에 더 좋았었다는 믿음에 의해 자신이 살았던 과거를 긍정적으로 떠올리는 것으로 노스텔지어를 정의했다.

사람들은 추억, 어린 기억을 떠올릴 때 장밋빛 필터를 통해 선택적으로 긍정적인 요소만으로 재해석하는 경향을 지닌다(Belk 1991). 따라서 동심은 당신의 힘든 마음에 위로가 되어준다.

빨갛게 잘 익은 딸기를 처음 먹었던
기억을 떠올려 본다
딸기향이 코를 찌른다
부드러운 딸기를 한입 가득 베어 문다
달콤한 딸기즙이 입안 가득 퍼진다
사랑스러운 맛이다

03

동심은 따뜻한 엄마의 품

어린 시절의 나

비 내리던 날, 천천히 신발 안에 물이 고이는 느낌을 느끼며 집에 가던 길이었다.

여섯 살의 나는 갑자기 소변이 급해진다.

지금 당장 화장실에 가야 할 것 같다. 하지만, 공교롭게도 난 유치원과 집의 중간지점에 서있다.

‘유치원으로 돌아갈까? 집으로 빨리 갈까?’

잠시 고민한다. 아니다! 너무 급하다!

집으로 가는 길 중간지점쯤, 어느 집 담장 앞에 어른 키 세 명 정도 되는 길이의 담이 하나 더 세워져 있었다. 그 담장은 양쪽이 뚫려있어 종종 그 담벼락 안쪽을 지나 집으로 가곤 했다. 담벼락 안으로 들어가면 동굴 속으로 들어간 느낌이 들어 난 그 사이담을 좋아했다.

그리로 들어가 쉬를 해야겠다. 그런데, 폭이 너무 좁아 우산이 들어가지지 않는다. 우산이 원래 세워져 있던 담과 사이담 사이의 입구에 걸려버렸다.

“에잇! 에잇!”

우산을 넣으려고 몇 번 시도하던 중, 바지에 오줌을 싸버린다.

아랫도리에서 따뜻하고도 축축한 느낌이 전해온다.

그 느낌의 강렬함만큼 우산 위로 투둑투둑 떨어지는 빗방울도 천둥소리 같다.

느낌은 잠시 뿐, 바지에 오줌 싼 것이 당황스럽고 창피하다. 누가 보진 않았을까 주위를 살핀다. 아무 일도 없었다는 듯이 다시 걷기 시작한다. 엄마 생각이 난다. 바지에 오줌 쌌다고 혼나진 않을까 걱정된다. 투둑투둑 빗방울 소리가 이젠 들리지 않는다.

집이다! 현관문을 연다.

"유치원 잘 다녀왔어?"

엄마가 웃으며 반겨주신다. 엄마를 본 나는 '왕~' 하고 울음을 터트린다.

그리고 다음 기억에 나는 안방 이불 안에 폭 감싸져

있다. 방금 씻은 비누 향기가 부드럽게 코를 감싼다. 방바닥의 따뜻함은 빗속에서 실례를 하고 난 후 바지의 축축하고도 따뜻한 느낌과는 전혀 다른 기분 좋은 따뜻함이다. 보송보송한 이불과 함께 방바닥에 누워본다. 그렇게 스르르 잠이 든다.

안방 이불 안에 폭 감싸져 있던 그 포근함은 집으로 오면서 들었던 모든 잡념과 걱정을 날려 보내기에 충분했다.

이렇게 나이 들면서 세상 풍파에 받은 상처를 엄마가 예전에 나에게 줬던 포근하고 따뜻한 느낌으로 감싸볼 수 있을까?

그렇게 부드럽게
만져질 수 있을까?

현재의 나

지난 새벽 살짝 내린 비로 촉촉이 젖은 공기가 뺨을 적시는 아침, 아들을 학교 앞에 데려다주고 네 살배기 딸과 함께 어린이집으로 가는 공원길을 달린다.

딸은 킥보드를 사람들이 깜짝 놀랄 정도로 잘 탄다. 중심을 잡으며 앞질러 가는 딸을 쫓아 함께 달린다.

촉촉하게 젖은 공원 바닥의 폭신한 느낌이 운동화를

통해 내 몸에 느껴진다. 달리며 뒤돌아보고 '까르르' 웃는 딸아이의 웃음소리에 모든 잡념이 사라진다.

행복하다.

모든 상처와 가슴의 응어리를 내려놓고 이제 와 이렇게 '까르르' 웃어볼 수 있을까?

직장상사, 동료직원, 고객에서 시작하여 부모, 형제, 친구, 그리고 결혼해서는 시댁 가족, 남편, 자식에 이르기까지 다양한 관계 속에서 우리는 상처를 받아내고, 또 상처를 주며 살아간다.

그 상처를 감싸진 못하더라도 내려놓을 수 있는 가장 쉬운 방법은 무엇이 있을까?

바람을 쌩쌩 가르며 달려가는 딸아이의 '까르르' 웃음소리를 듣는 것이 아닌, 내가 그 웃음소리가 되어볼 수는 없을까?

그렇게 동심의 세계로 들어가 여유 있고, 간섭받지 않으며, 어떤 걱정도 없었던 그 시절의 내가 되어볼 수 있을까?

동심의 세계로 한껏 나를 밀어 넣으면, 내 마음이 열려 도대체 내 가슴에 무엇이 있는지 들여다보일 수도 있지 않을까?

자기연민은 동심의 시작

자기연민self-compassion은 자신의 고통에 의해 마음이 움직이고, 나 자신의 고통을 스스로 자각하는 것에 대해 마음을 열고, 자신의 고통에 대해 피하거나 연결을 끊으려 하지 않는 것으로, 결국은 나의 고통을 경감하려는 욕구와 나를 향한 친절함의 감정이 나타나는 것이다.

가장 편안하게 '자기연민'을 표현할 수 있는 것이 기도다. 하느님, 부처님, 알라신, 그리고 '자기'신, 그 어떤 신이든 자기연민의 마음을 실어 눈을 감아 기도해보자.

나비는 왜 꽃에 앉는지 그때는 알지 못했다.

꽃이 예뻐서 좋은가 보다 했다.

꽃에 앉아있는 나비가 무얼 하는지 궁금하다.

가만히 바라본다.

날개의 무늬, 더듬이, 하는 짓을 바라본다.

나비의 몸짓이 아름답다.

04

동심은 내 마음의 반창고

현재의 나

인생은 하루하루가 다 같은 날인 것 같은데…. 실제로는 하루하루가 모두 다르다.

어느 날은 이런 상황이면 미래가 없을 것만 같다. 그러다가 또 어느 날은 그렇게 행복할 수가 없다. 내가 미친 게 아니다. 누구나 공감할 것이다. 하루 사이에 불행과 행복을 오간다면 미친 것일 수도 있다.

하지만, 40년의 짧지 않은 기간 동안 불행의 끝을 느낄 때도 있었고, 행복의 끝을 느낄 때도 있었다.

행복한 날은 오히려 괜찮다. 하지만 내일이 없어져도 좋을 만큼 죽을 것 같은 고통 앞에서 우린 약해진다. 그렇게 몸도 마음도 지친 어느 날…. 그 어떤 말도 위로가 되지 않는 그런 날….

그런 날이 있다.

몸도 마음도 지친 어느 시기에 보기 시작한 미드가 있다. 미국 시애틀에서 펼쳐지는 외과 의사들의 성장기를 그린 〈그레이 아나토미〉이다. 외과의가 나오는 드라마는 직업의 특성상 자극적인 소재가 많다.

그날따라 주인공들에게 악운이 겹친다. 응급실에 실려 온 환자 7명이 모두 죽고, 이성 친구와 헤어지고, 상사에게 깨지고, 잠 못 자고 일한 시간이 48시간이 지났다. 정말 의사고 뭐고 다 때려치우고 싶은 마음이 들

것 같은 그 순간, 주인공 중 한 명이 가볼 곳이 있다고 한다. 이럴 땐 그곳에 가야 한다고 손을 잡아끈다.

그렇게 간 곳은
병원 한 켠에 있는
신생아실이었다.

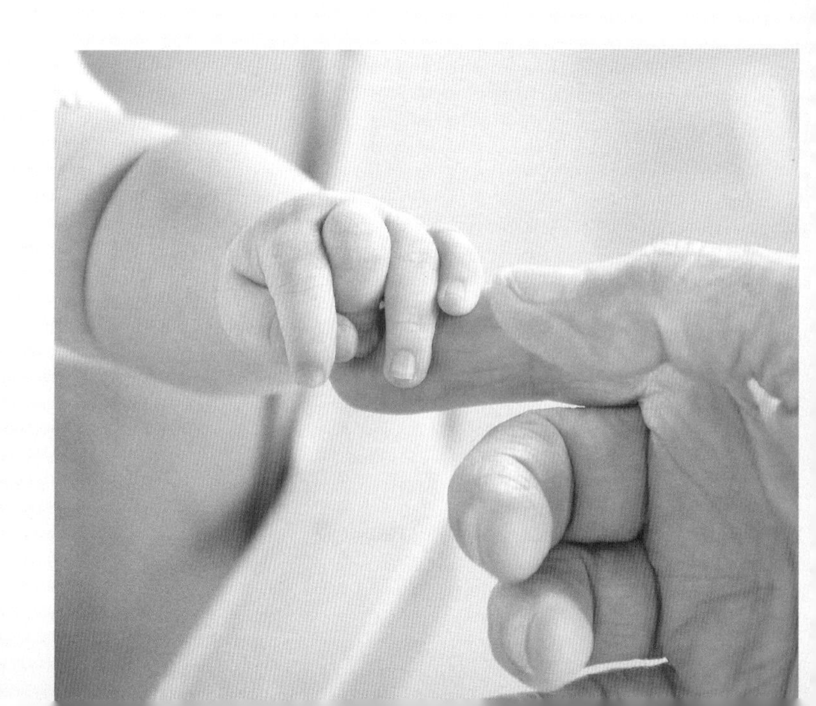

갓 태어난 아기들은 누구보다 평화로운 표정으로 잠들어 있다. 그 표정에서 느낄 수 있는 포근함과 편안함이 공기를 타고 전해진다. 한동안 말없이 지그시 바라보던 그들은 지친 마음이 조금이라도 보듬어진 듯 서로를 바라보며 미소 짓는다.

어린 시절의 나

"지금 몇 시지? 이번엔 누가 말해볼까?"

"저요! 저요!"

유치원의 기억은 종이 인형을 오리거나, 뛰어다니거나, 간식을 먹었던 것 정도뿐이다. 유일하게 무언가 배운 기억이 있다면 시계 보는 법이다. 생일이 1월이라 한 살 일찍 들어간 유치원이었지만 다행히 또래보다 총

명했던가! 난 단박에 시계 보는 법을 익혔다.

하지만 신은 여섯 살의 내게 시간을 보는 총명함만 주었을 뿐 시간을 말할 수 있는 용기는 주지 않았다.

여러 날에 걸쳐 시계 보는 방법을 알려주신 선생님께서 오늘은 시간을 알아맞히는 순서대로 간식을 나눠주겠다고 하신다. 첫 번째 문제부터 알고 있었지만 수줍은 나는 한 번도 손을 들지 못한다. 벌써 친구들의 반이 간식을 들고 뒤쪽으로 가 앉았다. 입가에 말이 맴도는데 말을 할 수가 없다. 답답하다.

'선생님은 왜 내 이름을 부르지 않을까? 내 이름을 부르면 손을 들지 않고도 말할 수 있을 텐데….'

기다린다.

이번에도 선생님은 내 이름을 부르지 않는다.

고작 세 명의 친구가 남았을 때 선생님이 나를 부르신다. 기어들어 가는 목소리로 여섯 살 내가 말한다.

“8시 30분이요!”

“잘했다! 간식 받아 가렴~.”

그렇게 간식을 어렵게 받아 든다.

이제 간식을 먹으라는 선생님의 말씀에 나는 빵을 먹으며 주위를 살핀다. 조심스레 노란색 유치원 가방에 먹지 않은 요구르트를 집어넣는다. 그리고 가방을 살며시 닫는다.

집에 갈 시간이 되면, 항상 간식이 나온다. 간식은 매일 다르다. 보통 빵과 요구르트를 준다. 컵케이크나, 우유가 나오기도 한다. 과자를 구경하기 힘든 시절, 간식은 언제나 맛나다.

간식이 나오면 두 개 중 한 개만 먹는다.

그리고 나머지 하나는 소중한 보물인 듯 조심스럽게 노란색 유치원 가방에 다시 넣는다.

집으로 가는 길, 가방만큼 내 마음도 묵직하다. 어깨를 으쓱으쓱하고 노란색 유치원 가방을 만지작거리며 걷는 내 발걸음은 기분 좋은 발걸음이다.

"다녀왔습니다!"

내 목소리를 듣고, 네 살배기 남동생이 엄마보다 먼저 쪼르르 달려 나온다. 남동생은 반팔 소매에 아래는 팬티만 입었다. 달려 나와 웃으며 손을 벌린다.

노란색 유치원 가방 속에 손을 넣어 가져온 요구르트를 꺼낸다. 남동생의 손 위에 놓아준다.

남동생은 좋아서 방방 뛴다.

마흔인 나를 그즈음 어느 날로 보내본다.

유치원에 다녀온 여섯 살 내가 노란색 유치원 가방을 연다. 마흔인 내가 손을 내민다. 포슬포슬 따뜻한 빵 하나를 여섯 살 내가 마흔인 내 손 위에 올려놓는다.

손바닥이 빵 온도에 따뜻해진다.

지친 나의 마음에도 손의 따뜻함이 전해진다. 마흔의 내 마음이 유치원 가방의 무게만큼 보듬어진다.

지친 마음이 간식을 나누어 먹는 여섯 살 내 마음처럼 조금이나마 여유로워진다.

어린 시절의
따뜻한 마음만큼
따뜻한 빵을
손 위에 올려본다.

지금, 나의 마음에도
빵의 따뜻함이
전해질 수 있을까?

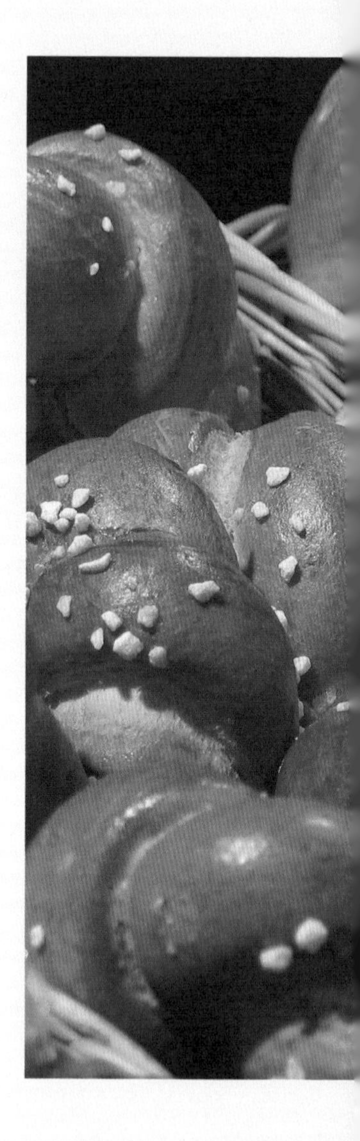

겨울에 차가운 귤을 만져본다.
껍질이 차다.
귤은 껍질을 까도 또 껍질이 있다.
그 껍질 안의 알맹이들도 껍질 안에 들어있다.
신기하다.
알맹이를 톡톡 터트린다.

05

동심으로
감정의 미니멀리즘

현재의 나

마음에도 에너지가 있다면, 가장 많은 에너지를 쏟는 것은 무엇일까? 우린 '관계'라는 측면에 많은 에너지를 쏟으며 살아간다. 관계는 다양하다.

친구, 부부, 부모, 직장상사, 동료직원, 부하직원, 시댁, 친정, 자식까지….

그렇게 다양한 관계는 가끔 우리를 지치게 만든다.

십이지에 고양이가 합류하지 못했듯이, 인간은 혼자 살 수 없는 동물인데…. 그렇게 혼자가 되면 고독하고 슬픈 우리인데, 왜 서로에게 상처를 주는 것일까?

내 직업 중 하나는 강사다.

'강사'는 관계에서 '고객'이 추가된다.

고객은 다른 관계보다 더 많은 에너지가 필요하다. 같은 커리큘럼도 어떤 사람에게는 호평을 받고, 어떤 사람에게는 혹평을 받는다. 특히, 대중에게 낯선 주제일 때는 호불호가 더욱 심해진다.

'감정'에 대한 강의 커리큘럼에는 명상이나 신문지 찢기, 난타도 있다.

낯설다.

분노가 나쁜 감정으로 인식되는 문화에서 분노를 표

출하는 작업은 쉽지 않다. 그렇게 처음 본 이들과 나는 신문지를 찢고 명상을 한다.

그날은 내 생애 최악의 강의였다.

강의를 듣는 사람들은 출국한 국내인이 외국에서 응급상황에 처했을 때 도움을 주는 회사의 사원으로, 대부분 영어와 한국어 혹은 그 외의 외국어를 할 수 있었다. 그들은 스스로에 대한 자부심이 높은 집단이었다. 강사에게 무언가 배울 수 있겠다는 태도는 처음부터 아니었다.

'이들과 명상을 잘 마칠 수 있을까?'

명상을 시작하자, 우려했던 대로 여기저기서 웃음소리가 들리기 시작한다. 처음에는 피식피식 하던 웃음이 옆 사람에게 번지고, 또 옆 사람에게 번진다. 결국, 박장대소에 이르렀다.

난감하다.

"웃지 않습니다. 명상에 집중합니다."

수없이 강의를 했지만, 이런 경우는 처음이다. 당황스럽다. 웃지 않는다는 내 말은 더 이상 아무 소용이 없다. 강사에 대한 최소한의 매너조차 없는 사람들이다. 정신이 몽롱해진다. 그날 난 그들의 마음에 명상의 촛불을 켜지 못했다.

지금 이 순간,
홀로
내 마음의
촛불을 켜본다.

어린 시절의 나

마당에 큰 돗자리가 깔린다.

엄마는 그 위에 밥상을 펼친다. 이제 뭔가를 배우기 시작한 일곱 살의 나는 네모가 큰 공책에 연필로 꾹꾹 뭔가를 눌러 적기 시작한다. 숫자였던가? 한글이었던가? 열심히 꾹꾹 눌러 적는다.

어느 정도 적던 나는 벌러덩 돗자리에 누워버린다.

햇살이 눈부시다. 눈을 뜰 수가 없다. 옆으로 고개를 돌린다. 신발장 아래 구석을 하염없이 바라본다.

개미가 기어간다.

한 마리, 두 마리, 세 마리, 네 마리, 다섯 마리….

길기도 하다. 다시 한 마리, 두 마리….

어라! 한 녀석이 무언가를 물고 간다.

과자인가? 덩이가 크고 맛나 보인다. 길게 늘어선 행렬 사이로 큰 과자 덩이를 이고 가는 개미가 도드라져 보인다. 그 개미가 점점 앞으로 나아간다. 드디어 개미굴로 들어간다.

다시 개미의 행렬은 도드라져 보이는 녀석 없이 평범해졌다. 한 마리, 두 마리, 세 마리, 네 마리, 다섯 마리…. 하염없이 세어본다. 하염없이 쳐다본다. 신기하다. 재미있다. 그들의 세계로 빠져든다.

마흔인 나도 일곱 살의 내 옆에 누워본다.

개미 줄을 함께 바라본다.

한 마리, 두 마리, 세 마리, 네 마리, 다섯 마리….

하염없이 세어본다.

이번에는 쌀 알갱이를 든 녀석 한 마리가 힘겹게 대열을 걷고 있다. 쌀 알갱이는 개미 크기의 열 배는 되어 보인다. 쌀 알갱이를 든 녀석이 대열에서 점점 앞으로 나아간다. 드디어 개미굴로 들어간다.

하염없이 개미 대열을 바라보고 있던 마흔의 나는 가슴에 손을 대어본다.

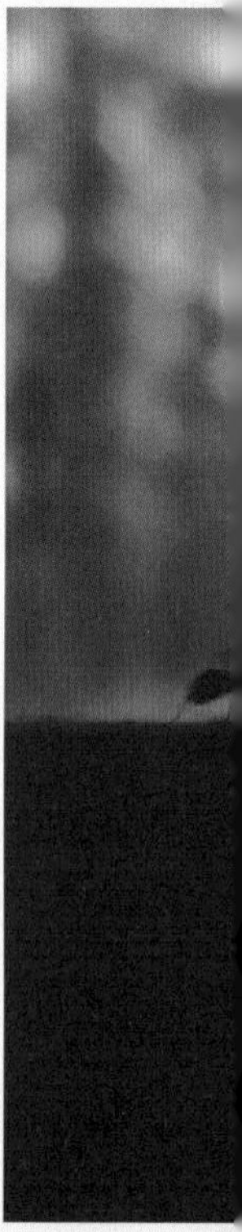

불쾌하고 기분 나쁘던 감정이 아직 남아있다.

개미가 신기하던
그때를 떠올린다.
더듬이가 신기했던가?
기어가는 것이 신기했던가?

모든 것이 신기하던 그 시절은
언제 지나가 버렸나?

하지만, 흥분되고 격분되었던 감정은 가라앉았다.

개미를 다시 바라보다 일곱 살의 나도 지그시 바라본다. 마흔 살의 나의 감정이 일곱 살만 하게 줄어들었나? 웃기다. 무엇이 그렇게 화가 나고 성이 나는가….

일어난 일에 대한 나의 감정을 내려놓아 본다.

한번 웃기 시작하면, 웃음을 참기 힘들지 않던가! 그들이 어찌 나를 놀려먹자고 작정했겠나?

그럴 수도 있지!

그렇게 내려놓는다 생각하니 조금이나마 내려놓인다. 피식 웃어본다.

동심으로 자기자비의 도움을 받다.

자기자비는 "부정적 상황에서 자기 자신에 대한 건강한 수용능력"이라고 정의한다(Neff, 2003).

부정적 상황에서 타인의 감정이나 생각을 지레짐작하는 것은 도움이 되지 않는다. 지금이 힘들다면, 나에게 '자기자비'가 필요한 시간이다.

꿀벌은 귀엽다.

작은 날개로 날아다니며 이 꽃, 저 꽃의 꿀을 딴다.

꽃가루를 모은다.

그렇게 꽃가루와 꿀을 꿀벌과 함께 느껴본다.

3

동심의
꽃은
활짝
피었다

06

꽃봉오리는 내 마음의 방패

현재의 나

딸아이를 데리러 어린이집에 간다. 언제나 나를 부르며 환한 웃음으로 달려와 가슴에 폭 안기는 아이이다. 사랑스럽다.

"엄마!"

그런데, 오늘은 웬일인지 조심조심 걸어온다. 귀엽고 작은 손등 사이로 무언가 감싸져 있다.

"오늘 고추를 심었어요."

선생님 말씀에 바라보니, 잎이 대여섯 개 달린 모종을 심은 화분을 들고 있다. 집으로 돌아오는 내내 조심조심 손으로 감싸며 걷는다. 애지중지하는 모습이 그렇게 귀여울 수가 없다. 첫째도 그랬다. 식목일 즈음 되면, 어린이집에서 서로 약속이나 한 듯 작은 화분을 하나씩 보내온다. 완두콩도 있었고, 작은 꽃도 있었던 것 같다.

기꺼이 베란다 한 켠을 딸아이의 고추나무에 내어준다. 작고 통통한 손으로 화분을 조심조심 내려놓는다. 내려놓은 화분에는 딸아이의 사진과 이름이 붙어있는 팻말도 있다. 귀엽다.

"두 밤에 한 번씩 물을 줘야 해. 가우리가 줄 거야!"

제법 잘 알아듣고 온 모양이다. 그러려니 했다.

화분을 안고 있는
아이의 마음이 되어
고추나무의 꽃과 잎을
바라본다.

첫째는 몇 번의 물을 주다 화분의 존재를 잊었다.

결국 식물들은 완두콩 한 알, 작은 꽃 한 번 피우고 첫째의 머릿속에서 사라졌다.

그런데, 둘째는 달랐다.

물을 주기 시작한 고추나무는 초여름에 꽃봉오리가 열렸다.

꽃봉오리는 딸의 통통한 손등마냥 야무져 보인다. 꽃봉오리가 한참 여물어 꽃이 핀다. 하지만, 꽃봉오리가 다섯 개나 피었는데도 고추는 열리지 않았다.

'수정을 해주지 않았구나!'

미안한 마음이 든다. 미안한 마음이 화분으로 간다. 그렇게 열매 한번 못 열어보고 죽을 것만 같다. 아무것도 모르는 둘째는 꽃이 피었다며 2~3일에 한 번씩 잊지 않고 물을 주기를 계속한다.

물을 주며 고춧잎을 통통한 손가락으로 쓰다듬어 준다. 그리고 사랑한다며 뽀뽀해준다.

그렇게 며칠이 흘렀다.

그리고, 다시 꽃봉오리가 올라왔다.

이번엔 꽃봉오리 두 개뿐이다. 다물고 있는 잎이 제법 야무지다. 고추가 열릴 수 있도록 꽃은 화분과 꿀을 열심히 만든다.

그때까지 잎을 열어선 안 된다.

꽃봉오리는 최소한의 자기방어인 셈이다.

여린 꽃봉오리는 딸아이의 손등을 닮았다. 야무져 보이기도 하고 한없이 여려 보이기도 한다. 그렇게 며칠이 흐르고 꽃봉오리가 터진다. 꽃이 활짝 피었다.

이번에는 딸아이에게 꽃잎을 만져줘야 고추가 열린다고 알려준다. 작은 손가락으로 꽃잎이 떨어지지 않게 꽃을 만지작거린다. 노란색 꽃가루가 아이의 손가락에 묻어난다.

그렇게 첫 번째 고추가 열렸다.

매일매일 딸은 열매를 만지며 물을 주고 사랑한다고 말해준다. 고추는 빨갛게 익어 저절로 떨어질 때까지 나무에 달려있었다. 그렇게 떨어진 고추가 건고추가 되었다. 바싹 마르기도 잘 말랐다.

화분 옆에 딸 아이의 소꿉장난 컵이 놓이고 건고추가 놓인다. 그 뒤로 어렵사리 고추 하나가 더 달린다.

아이의 바구니에
초록색 고추와
빨간색 고추가
하나씩
나란히 있다.

어린 시절의 나

"그러니까 금방 양말이 어디 갔냐고?"

엄마는 언니와 나, 남동생까지 삼형제를 불러놓고 채근한다. 남동생이 퉁명스럽게 말한다.

"나는 안 가져갔어!"

"나도 아니야!"

언니도 아니란다. 엄마가 나를 바라본다.

"나도 안 가져갔어!"

분명 안 가져갔다는데, 한 박자 늦게 말하는 것이 수상해 보였는지 엄마가 잠시 내 눈을 응시하고 다시 묻는다.

"거짓말하면 혼나! 정말 네가 숨긴 것 아니야?"

한 번 더 물어본 것이 화가 나는지, 아니면 거짓말이 드러날까 봐 겁이 나는지 여덟 살의 나는 아까보다 더 큰 소리로 말한다.

"정말 이번에는 내가 숨긴 것 아니야!"

왜 그럴까? 몰래 숨고, 몰래 숨기는 것이 재미있다. 그즈음의 난 눈에 보이는 것들을 자꾸 숨기는 버릇이 있었다. 엄마도 그런 나를 의심하고 있었던 것이다.

어느 날은 옥상에 숨어 숙제한다는 것이 너무 오래 있어 해가 져버렸다. 엄마가 날 부르는 소리를 듣고 숨었다가 나갈 타이밍을 놓쳐버린다. 해가 지고 급기야 엄마는 어떤 놈이 잡아 갔나 싶어 울면서 나를 찾기 시작한다. 옥상에 올라온 엄마와 눈이 마주쳤을 때의 끔찍한 느낌이 생각난다.

하지만, 거짓말은 하고 싶어 하는 게 아니다. 숨고, 숨기는 과정에서 내 잘못을 감추려다 보니 어쩌다 자꾸 상황이 그렇게 되는 것뿐이다. 거짓말은 하고 나면 기분이 썩 좋지 않다. 거기다 거짓말을 잘하지도 못한다.

이번에야말로 절대로 들켜선 안 된다고 생각한다.

"왜 내 말은 못 믿어! 내가 숨긴 게 아니라고!"

엄마는 언니에게 옷을 입히고 계셨다. 옷과 티셔츠, 양말까지 모두 꺼내놓고 차례대로 입히고 있었는데 바로 옆에 있던 양말이 없어진 것이다.

엄마는 기억력이 좋은 편이다. 여섯 가족의 물건 하나하나가 장롱 어느 서랍, 어느 쪽에 있는지 모두 기억하신다. 양말을 꺼내놓은 것이 분명하다는 확신이 있었지만 그만해야겠다고 생각하신 듯하다.

"누구든 다음에 또 그러면 정말 혼난다."

휴~ 다행이다. 오늘은 무사히 넘어갔다.

마흔의 나를 여덟 살의 나에게 보낸다.

다행이라고 생각하는 마음을 함께 느껴본다. 고작 여덟 살인 나도 나를 지켜내기 위해서 이렇게 고군분투했구나! 지금의 나는 나를 어떻게 지켜내고 있는가?

여덟 살 내가 불혹인 내 마음의 상처를 가만히 어루만진다.

어릴 적 거짓말이 익숙지 않았던 것처럼 지금의 나를

지켜내는 것에도 능숙하지 못했구나! 가만히 그리고 천천히 상처를 쓸어본다.

내 마음의 꽃잎에
힘을 주어 닫아본다.

꽃봉오리는 최소한의 자기방어

자기방어는 충동이나 감정으로 일어나는 위험에서 자신을 보호하기 위한 역할을 하는 정신적 속성이다.

프로이트S. Freud에 따르면 자기방어는 갈등을 일으키는 충동들 간의 타협, 혹은 좌절 상황을 인식하지 못하게 함으로써 내적 갈등과 불안을 감소시키는 정신적 조작이다.

어린 시절, 나를 방어하려고 어설픈 거짓말을 했듯이 지금의 나를 방어할 수 있는 방법을 모색해볼 수 있다.

하늘은 매일 나를 보는데,

나는 하늘을 본 지가 얼마나 되었나?

그렇게 하늘을 바라보다

별을 본다.

별을 내 눈에 담는다.

07

마음의 꽃봉오리를 피우다

어린 시절의 나

어릴 적 기억은 유치원부터 시작된다. 두 살 터울인 언니가 학교 가는 것을 보고 따라가겠다 했단다. 덕분에 다섯 살 때부터 유치원을 2년이나 다닐 수 있었다.

모든 것이 다 신기하다.

그래서 다섯 살의 난 무엇이든지 하염없이, 가만히, 그대로, 멈춰 서서 계속해서 바라본다.

작은 꽃은 작은 꽃대로 큰 꽃은 큰 꽃대로 예쁘다기보다 신기하다. 꽃에 꿀벌이 날아와서 앉는 것도 신기하고 꽃 주변에 꽃가루가 흩어져 있는 것도 이상하다. 세상을 살아가기 위해 탐구하는 것처럼 무한대의 관찰은 한동안 계속되었다. 그렇게 바라보던 꽃 중 유독 기억에 남는 꽃이 분꽃과 사루비아(샐비어)이다.

분꽃은 따서 뒷부분을 쭉 빼면 귀걸이처럼 늘어진다. 반팔 티셔츠에 아래는 팬티만 입은 네 살배기 남동생이 아빠의 큰 슬리퍼를 찍찍 끌고 나와, 분꽃을 따고 있는 내 옆에 선다. 남동생 귀에 분꽃을 걸어주고 머리를 묶어준다. 남동생과 '까르르' 웃는다.

포근한 햇살이 남동생의 눈동자에 반사된다.

사루비아는 따서 뒷부분을 쪽쪽 빨아 먹으면 꽃향기와 함께 달달한 맛이 난다. 꿀 따 먹는다며 마당에 있는 사루비아 나무에 팬티 바람의 남동생과 같이 매달린다. 시원한 바람이 우리의 엉덩이를 스치고 지나간다.

사루비아의
달콤하고 향긋한 꿀맛을
느껴본다.

그 시절 마당의 팬티 바람 남동생과 어린 나 사이에 마흔의 나도 같이 서본다.

주황색 사루비아 꽃망울에 입을 대고 쪽 빨아본다.

달콤함이 입안을 감싼다. 풀향기가 코에 배어들고 따뜻한 햇살이 스며들어 몸이 따뜻해진다. '까르르' 웃음소리가 바로 옆에서 들린다. 남동생과 나의 웃는 얼굴이 햇볕 사이로 사진처럼 배어든다.

유치원 화단을 걷던 기억, 남동생과 함께 마당에 있었던 기억을 되새기며 알게 된다.

다섯 살, 내 기억의 꽃은 모두 활짝 피어있다.

활짝 피어 꿀과 꽃가루가 가득한 꽃이 내 마음속 기억의 꽃이다. 영글기 전, 꽃봉오리가 여린 꽃잎 한 장 한 장의 힘을 모아 꽃가루와 꿀을 사수한다.

꽃봉오리는 식물이 가진 최대한의 자기방어다.

그렇게 꽃가루가 영글어지고, 꿀이 차기 전까지 식물은 에너지를 최대한 높이며 때를 기다린다. 그리고 준비를 마치면, 비로소 꽃잎은 다물던 잎에 힘을 뺀다.

내 것인 꿀을 놓아주고, 또 다른 나인 꽃가루를 성장시키기 위해서….

현재의 나

이상하다. 인생의 반을 향해 걷고 있는 이 시점의 내가 느끼기에 인생은 식물의 꽃봉오리와는 반대로 진행되는 것 같다. 20대 시절 꽃잎을 활짝 열고 사람을 대하다가 미처 영글지 않은 꽃가루와 꿀을 뺏기는 일을 경험한다. 그런 일이 반복되면서 내 마음의 꽃은 점점 꽃잎을 움츠리게 된다.

마음의 꽃잎은 나이가 들수록 더 굳게 닫힌다.

그렇게 닫힌 내 마음 안에 이제 꽃가루와 꿀이 있는지조차 느끼지 못하고 산다. 내 마음의 꽃가루와 꿀은 나도 모르게 영글어졌을까?

남동생의 귀에 분꽃을 걸어주던 그 시절로 돌아가 보면, 활짝 핀 분꽃처럼 내 마음의 꽃잎에 잠깐이나마 힘을 뺄 수 있을까?

이제 와 마흔의 내가 잊고 있던 마음의 꽃향기를 맡을 수 있을까?

내 마음의 꽃잎을
활짝 열어볼까?

꽃잎을 여는 것은 자기통제의 시작

자기통제는 자기가 바라는 이상·가치·도덕·사회적 기대 등을 얻기 위해 자신의 내적인 상태와 과정을 변화시키는 것이다.

상처받아 힘이 들어간 내 마음의 힘을 뺀다. 그렇게 마음의 통제를 시작할 수 있다.

포도의 첫 기억이 생생하다.
부모님이 맛있게 드시는 걸 보다가
입속에 넣어본다.
달콤새콤 맛있다.
어! 이게 뭐지?
퉤! 뱉어낸다.
씨가 있어 엄마보다 빨리 먹지 못했던,
하지만 너무 맛있었던
포도의 첫 기억을 되새긴다.

08

내 마음의 꽃향기는?

어린 시절의 나

좋아하는 만화를 본다. 엄마를 잃어버린 자동차 캐릭터가 나오는 만화다. 엄마를 찾아가는 여행을 시작한 주인공이 여행을 하며 겪는 에피소드가 나온다.

주인공은 꽃향기를 맡으면 힘이 솟는다.

곤경에 처하면 어디선가 꽃을 찾아와 코를 벌름거리며 꽃향기를 맡고, 그러고 나면 어깨를 들썩거리며 힘이 솟는 시늉을 한다. 그렇게 힘이 솟은 주인공에게 불가능이란 없다.

넋을 놓고 만화를 바라보는 내 손에는 만화 캐릭터가 그려진 카드가 들려있다. 만화를 보며 카드를 만지작거린다. 만화 주제곡이 나온다. 노래를 따라 부르며 가사에 맞게 준비해둔 순서대로 카드를 바닥에 내려놓는다. 나름 카드로 만든 나만의 주제곡이다. 그러다 문득 궁금해진다.

'주인공이 맡은 꽃향기는 무슨 향기였을까?'

궁금하다.

마흔의 나도 그 시절 방에 들어가 앉는다.

어릴 적 보던 금성 TV를 만져본다. 채널 돌리는 버튼을 남동생이 자꾸 빼버리는 통에 아버지께서 고무줄로 꽁꽁 묶어놓았다. 여섯 살 내 옆에 앉아 만화 주제곡을 같이 부른다. 여섯 살 나와 같이 불러본다. 주제곡 가사에 맞게 여섯 살 어린 손으로 넘기는 카드를 가만히 바라본다.

'주인공의 꽃향기는 무슨 향기일까?'

마흔 살 내 마음은 향기가 있긴 한 걸까?

현재의 나

기억에 오래 남아있는 〈인간극장〉 한 편이 있다.

한국 남자와 결혼해서 살게 된 외국인의 이야기다. 그녀는 서울에서 아이 셋을 키우는 워킹맘으로, 시어머니와 함께 6명의 가족이 지하방에서 알콩달콩 산다. 굳이 열거하지 않아도 그려질 만한 전쟁 같은 일상이 펼쳐진 뒤, 오래간만에 얻은 휴일에 그녀가 찾은 곳은 피부관리실이었다.

"제가 일해서 번 수입의 5퍼센트는 저에게 선물합니다. '그동안 애썼다'고 저를 위로하는 거죠!"

당시 내 가치관에서는 신선한 자극이었다. 홈웨어는 사지 않고 낡아진 우리들의 옷을 입던 엄마에게서 자란 나는 〈인간극장〉을 보는 내내 '지하방'에 초점이 맞춰져 있었다.

그 시절 엄마들은 궁상맞을 정도로 절약했다. 내 집을 장만하는 것이나 혹은 빚을 갚기 위한 경제적인 목표가 뚜렷했다. 그렇게 나를 버리고 엄마들은 가족을 위해 살았다. 동태찌개에 동태살을 먹지 못하고 대가리에 붙은 살을 먹으며 그렇게 희생으로 살았다.

그녀도 그럴 것이라고 생각했다. 한 푼이라도 아껴서 지하 셋방에서 벗어나야지 하는 생각이 삶의 목표일 줄 알았다. 하지만, 그녀의 행동은 이런 내 생각 정가운데에 굵직한 화살을 던졌다.

그녀의 삶의 중심은 '지하방'에 있지 않았다.

거기다 일상에 지친 자신의 마음에 꽃향기를 맡게 해주는 나름의 현명한 방법까지 가지고 있었다. 그때 그녀에게 배운 내 마음의 꽃향기를 맡는 방법은 워킹맘인 지금의 내게 쓰고 있다. 가족에게 고생한 내 마음을 쓰담쓰담 해주고, 나를 사랑해주는 시간을 갖는다.

방법은 여러 가지가 있다. 내가 좋아하는 것을 선택하고 온전히 나를 위해서 그 시간을 쓴다. 아침마다 공원을 느끼며 산책하는 것처럼 말이다. 가끔은 카페에 혼자 앉아 음악을 들으며 라떼 한잔을 선물하기도 한다. 나를 위한 선물의 시간이다.

누구나 마음에 꽃향기가 있다.

어떤 이의 마음에는 봄이 왔다고 아기 같은 얼굴을 내미는 샛노란 개나리가 피어있고, 어떤 이의 마음에는 가을 바람에 흩날리는 흰색의 코스모스가, 어떤 이의 마음에는 봄바람의 짙은 향기를 가득 머금고 내리는 벚꽃이, 어떤 이의 마음에는 유치원 화단 아래 아주 조그맣게 피어 '안녕?' 하고 인사하는 보라색 들꽃이 피어있다.

맡으려고 하는 사람에게만 마음의 꽃향기가 난다.

내 마음은 어떤 향기가 나는지 맡을 수 있을까?

정신없이 지나가는 일상에서는 감히 찾을 수 없다. 시간을 충분히 가지고, 자세히 들여다봐야지만 향기를 찾을 수 있다.

마음의 꽃향기를 맡는다면, 어릴 적 봤던 만화 주인공처럼 나도 힘이 '불끈' 솟아오를 수 있을까? 학력이나 경력이 올라가고, 경제적으로 더 나아지는 변신을 굳이 하지 않아도 지금의 나는 코를 벌름거리며 어깨만 들썩이는 것으로 꽃향기를 맡고 힘이 솟을 수 있을까?

라벤더 향을
내 마음에 내어볼까?

마음의 꽃향기는 자기수용

자기수용은 자기가 가지고 있는 특징이나 특성들에 대해 비판이나 왜곡을 하지 않고 있는 그대로 인정하고 받아들이는 것을 말한다. 넓은 의미에서 자존감과도 같은 의미로 지칭되기도 한다.

미래에 더 성공하고 발전한 내가 아닌, 지금 있는 그대로의 나를 받아들여 본다.

풀 위에 빨간색 점이 움직인다.
신기하다.
손을 갖다 대어본다.
빨간 점이 반으로 갈라지며 날아간다.

무당벌레를 처음 봤던
그때를 기억해본다.
그렇게 움직이는 빨간색 점을 되새겨본다.

09

마음의 꽃잎이 지다

현재의 나

서른네 살의 내가 산부인과에 있다.

의사 선생님이 오늘 바로 수술을 해야 한다고 하신다. 보호자가 있어야 하니 남편과 상의해서 말해달라고 한다. 마음은 문 밖에 아들과 함께 있는 남편에게 가고 있다. 하지만, 눈에서 눈물이 쏟아져 일어나지 못한다. 내가 제어할 수 있는 눈물이 아니다. 의지와 상관없는 눈물에 나도 당황스럽다.

첫아이의 돌잔치 무렵, 임신인 걸 알았다.

남편은 첫째와는 달리 태명을 지어주지 않았다. 시어머니도 아이가 없는 아주버님네 태몽인 줄 알았다며 실소하듯 쳐다봤다. 그렇게 유산기가 있다는데도 굳이 추석에 부엌일을 시켰다. 추석 이후에 돌잔치에서 임신한 소식을 들은 형님은 다음 날 전화를 했다. 왜 가족 중 자신만 몰라야 하냐며 대성통곡을 했다.

그랬다.
아무도 반겨주지 않아서일까?

아이는 추석이 지나고
다음주에 떠나가 버렸다.

유산되었으니 수술해야 한다는 의사의 말 한마디에 지난 모든 일들이 떠오르며 떠나보내는 아이에게 미안한 감정이 솟구쳤다. 그 감정이 눈물이 되어 쏟아졌다. 내 의지로 울고 있는 것이 아니었다.

아니, 솔직히 말하면 태명을 지어주지 않은 남편도, 축하해주지 않은 시어머니도, 소리 지르며 대성통곡한 형님도 다 같이 혐오스러울 만큼 미웠다.

그렇게 아이를 떠나보낸 그날, 내 서른네 살 마음의 꽃잎은 떨어졌다.

내 마음의 꽃은 지고, 더 이상 향기를 맡을 수 없다. 마음의 꽃이 없어졌으니 마음의 꽃봉오리를 닫을 수도, 마음의 꽃잎을 활짝 펼 수도 없게 되었다.

내 마음의 꽃이 사라졌다.

어린 시절의 나

"내 꽃잎 하나, 네 꽃잎 하나, 내 꽃잎 하나…."

여섯 살 나는 꽃잎을 따고 있다.

속상한 일이 있거나, 간절히 바라는 일이 있을 때 종종 나는 꽃잎에게 물어본다. 속상한 일이래 봤자 부모님이 다투신 날이거나, 간절히 바라는 일이래 봤자 먹고 싶은 과자 정도지만, 사뭇 난 진지하다.

"내 꽃잎 하나, 네 꽃잎 하나, 내 꽃잎 하나, 네 꽃잎 하나, 내 꽃잎 하나!"

내가 이겼다. 내가 이기는 것에서 꽃잎을 다 땄다.

"내 꽃잎 하나, 네 꽃잎 하나, 내 꽃잎 하나, 네 꽃잎 하나…."

이젠 어느새 처음에 꽃잎을 따기 시작한 이유는 잊었다. 계속해서 딴다. 꽃잎 따기는 노을이 짙어질 무렵까지 계속된다.

서른네 살의 나도 여섯 살의 내 옆에 다가앉는다.

꽃을 하나 꺾어 쥐고 꽃잎을 딴다.

"내 꽃잎 하나, 네 꽃잎 하나, 내 꽃잎 하나, 네 꽃잎 하나, 내 꽃잎 하나, 네 꽃잎 하나!"

내가 틀렸단다.

다시 한 번 따본다.

"내 꽃잎 하나, 네 꽃잎 하나, 내 꽃잎 하나…."

그러다, 문득 떠오른다.

내 마음의 꽃은 처음부터 없었다.

남편이 태몽을 지어주지 않으면 내가 지으면 되었다. 시어머님이 명절 일을 하라고 했을 때, 나는 유산기가 있어 어렵겠다고 해야 했다. 나는 아이가 없는 형님을 배려해야 한다고 생각했다.

그것이 미덕이라고 생각했다. 하지만, 아니었다.

임신한 것을 자기만 몰라야 하냐고 형님이 소리 질렀을 때, 왜 형님에게 말해줘야 하나 물어봤어야 했다.

아니, 말 안 통하는 사람, 전화를 끊어버렸어야 했다. 나를 배려하지 않는 이를 내가 배려할 필요가 있겠는가? 참 바보 같다.

아이를 지켜줄 꽃은 내가 가졌어야 했다는 것을 꽃잎을 따던 나는 생각한다.

그렇게 마음의 꽃이 지고, 마음의 겨울이 지나간다. 그리고 내가 알고 있다는 것을 이제서야 다시 느낀다. 아이는 내가 지켜주지 못해서, 반기는 이가 없어서 떠난 게 아니었다. 착상이 잘못되었던 것이다.

누구의 탓도 아니다.

그렇게 다시 마음의 봄이 찾아온다. 새로운 새싹이 트면 더 크고 예쁜 꽃봉오리를 만들어낸다. 그리고, 향은 더 짙어질 것이다.

삶은
이렇게 극한의 슬픔과 고통으로
나를 성장시킨다.

자기이해는 성장한 꽃봉오리

자기이해는 자신의 지각, 감각, 정서, 인식, 사고의 작용을 통해서 자기의 주관적 현실과 객관적 현실의 식별을 명확히 하면서, 주체적 자기, 객체로서의 타자, 객체로서의 자기, 자기와 타자와의 상호관계를 파악하는 태도이다.

자기의 주관적인 감정과 객관적인 상태를 정확하게 이해하는 것은 '자기이해'를 위해 중요하다.

하늘이 별처럼 빛난다.

그렇게 처음 만난 노을은 경이로웠다.

마흔의 노을은 가슴이 먹먹하다.

경이로웠던 느낌과 먹먹한 느낌을

번갈아 되새겨본다.

4

지금이 더 힘든 것이 아니다

10

처음 느낀 공포의 감정

어린 시절의 나

유치원을 졸업하고, 이제 막 운동장을 따라 쭉 걷던 화단이 익숙해질 무렵 낯선 학교로 전학을 갔다. 내 인생의 가장 무서운 선생님을 만난 것은 이때였다.

전학 첫날!

나이가 지긋하게 드신 남자 선생님은 깡마르고 신경질적으로 보인다.

무섭다.

수업 시간에 짝꿍에게 지우개를 빌려달라고 하는데 선생님은 떠드는 놈 나오라며, 전학 첫날부터 떠든다고 나에게 버럭 소리를 지른다. 일곱 살의 나는 교실 한가운데 무릎을 꿇고 앉았다.

생애 처음 공개적으로 겪는 당황스러움과 수치심에 얼어버린다.

갑자기 오줌이 마렵다.

사실, 소변은 아까부터 급했다. 전학 첫날이라 화장실을 늦게 찾아 줄을 서있다가 종이 치는 바람에 그냥 들어와 버렸다. 그런데, 그냥그냥 참을 만하던 것이 긴장하니 갑자기 무척 급해져 버린다.

'화장실에 가고 싶다고 말해야 하는데…. 화장실에 가고 싶다고 말해야 하는데….'

과거의 두려움과
현재의 두려움을
충분히 느껴 보자.

감정은 충분히 느끼고 나면
전에는 몰랐던
답을 주기도 한다.

교실 한가운데 마룻바닥이 젖기 시작한다. 그렇게 소리 질러대던 선생님의 목소리가 사라진다. 기억 속의 나는 사진처럼 그 장면에서 멈춰있다.

마흔 살인 나도 그 교실 한가운데 앉아본다.

일곱 살 내가 느낀 공포의 감정을 마흔인 내게 고스란히 옮겨본다.

오줌을 싸서 당황스러운 마음과 선생님의 무서운 공포의 느낌을 마흔인 나도 오롯이 느껴본다. 그렇게 가장 공포스런 순간이 지나고, 교실 문이 열리고 엄마가 들어오신다. 그 시간을 현명하게 잘 견뎌냈다고 엄마의 따뜻한 손이 일곱 살의 나를 쓰담쓰담 토닥인다.

현재의 나

본의 아니게 아동기 시절 저질러버린 노상방뇨 아닌 노상방뇨 사건 두 개를 모두 이 책에 쓰게 되었다. 하지만 이 사건처럼 수치심과 공포를 강하게 느꼈던 적이 떠오르지 않는다. 거짓말처럼 그때의 기억은 단편적이다. 소변을 마룻바닥에 지리고, 엄마가 날 데리러 올 때까지의 시간은 편집되었다.

울고 싶어질 무렵이었던가, 아니면 울고 난 직후였

던가? 엄마가 교실 문을 열고 들어오셨다. 선생님과 이야기를 나누던 엄마의 뒷모습만 기억한다.

그리고, 집으로 가는 길에 내 손을 꼭 잡은 엄마의 손은 참 따뜻했다.

33년이 지난 지금 생각하면 아무것도 아닌 일인데 당시의 내겐 하늘이 무너지는 느낌이었고 충격이었다. 그 당시의 공포스런 느낌은 아직도 생생하다.

나이를 먹으며 이런 느낌은 종종 내게 닥쳐 왔다.

경험하는 당시 나이가 몇 살이든 상관없이 너무나 버거운 충격적인 일들은 초등학교 1학년 때의 그 공포를 다시 경험하게 한다.

중학교 때 아픈 줄도 몰랐던 같은 반 친구가 갑작스런 죽음을 맞이했을 때도, 대학 때 동생이 신장이 아파 군대 면제 판정을 받았을 때도, 첫째 아이가 어린이집에서 넘어져 이마가 뭉개져 피를 흘리며 왔을 때도….
병원으로 아이를 안고 뛰어가는 내 가슴은 어린 시절
느꼈던 공포의 느낌으로 넘쳤다.

당신에게 만약 지금이 그 시간이라면, 자신에게 닥
친 시련을 충분히 가슴 깊이 느끼자. 무서운 마음, 당
황스러운 마음, 속상한 마음 한켠 한켠을 충분히 느끼
는 것이 내 마음을 보듬는 일이다.

깊이 있게 마음을 느끼고 시간이 충분히 흐른다.

그러고 나면, 해어진 가슴 사이로 그다음 해야 할 일
이 떠오를 것이다. 충분히 느끼고 나야 정신이 돌아올
것이다.

죽을 것 같은 공포는 자기장애

자기장애Self Disorders는 자기가 응집력, 활기 또는 조화로움을 확립하는 데 실패했거나 이런 요소들이 확립된 후에 상실되었음을 말한다.

자기장애를 극복하기 위해서는 실패감과 상실감을 충분히 느껴야 한다. 그리고 느끼는 과정의 내 마음에 공감해준다. 나를 위로한다. 그렇게 하고 시간이 흐르면 다시 건강한 자기로 회복할 수 있다.

맑은 날 새끼 고양이가 마당에 뒹군다.

햇볕이 좋은가 보다.

고양이를 바라보며

나도 함께 햇볕을 쬐어본다.

11

좋은 일과 나쁜 일

어린 시절의 나

추운 겨울이다. 언니와 나, 남동생 셋이 안방 가장 따뜻한 곳에 나란히 이불을 덮고 누워있다. 적당히 도톰하고 따뜻한 이불은 아주 포근한 느낌이다.

방구들에서 전해오는 뜨거울 정도의 따뜻함이 일곱 살 내 등을 타고 온몸으로 전달된다.

"배고프다!"

삼남매는 엄마를 기다리고 있다. 시내 다녀오신다고 나가신 지 꽤 되었다. 식사 때가 지난 삼남매는 누워서 마냥 엄마를 기다린다. 밖에는 눈이 내린다. 바람이 세게 부는지 창 사이로 '휙! 휙!' 하는 소리가 들린다. TV에서 새우과자 광고가 나온다.

"손이 가요! 손이 가!"

"아~ 마시게따!"

네 살의 남동생은 이제 막 말을 시작해 새는 발음으로 새우과자를 먹는 시늉을 한다. 맛나게 먹는다. 그 모습을 보던 언니가 좋은 생각이 났다는 듯한 표정으로 말한다.

"우리 먹고 싶은 거 말하기 할까?"

"먹고 싶은 거?"

배가 너무 고파 귀찮다. 하지만 먹고 싶은 걸 이야기하면 배고픈 느낌이 나아질 것도 같다. 그래! 갑자기 먹고 싶은 음식이 눈앞에 있는 것 같다. 무의식적으로 튀어나온다.

"난 만두!"

그렇게 시작되었다.

"난 쫄면!"

"난 새우과자!"

언니에 이어 동생도 대답한다. 그렇게 함박눈이 내리던 겨울날, 먹고 싶은 음식을 돌아가며 이야기한다. 돈가스, 볶음밥, 짜장면, 라면, 계란찜, 돼지고기 찌개, 감자탕…. 먹고 싶은 것이 참 많기도 하다.

시간이 지나면서 끼니때가 되어도 돌아오지 않는 엄

마가 미워진다. 방 밖에서 현관문 소리가 난다.

"엄마 왔다!"

엄마의 이 목소리는 언제 들어도 좋은 느낌이다.

머리 위로 눈이 소복하게 쌓인 엄마가 양손에 비닐 봉지를 가득 들고 들어오신다.

하필이면 엄마가 시내에 장 보러 가신 날 함박눈이 내렸다. 눈이 내리니 김이 모락모락 나는 찐빵이 눈에 들어왔고, 이것저것 더 사느라 늦으셨단다. 양손에 보따리를 들고 버스를 타고 오셨단다. 눈이 내려 더 늦었다고…. 연신 미안하다 하신다.

"우와!"

엄마의 보따리를 보던 나는 환호성을 지른다. 먹고 싶다고 했던 만두가 들어있다. 엄마가 좋아하시는 찐

빵도 들어있다. 언니가 좋아하는 쫄면도 있다. 마술 같다. 이쯤 되니 동생도 새우과자는 잊고 정신없이 입 속에 만두를 밀어 넣는다.

행복하다.

마흔의 나도 일곱 살 내 옆으로 보낸다.

일곱 살 나와 같이 만두 한 입에 단무지를 베어 문다.

만두를 먹으며 일곱 살 나를 바라본다.

가만히 바라본다.

조금 전까지 엄마가 오지 않아 속상했다. 하지만 내가 좋아하는 만두를 사시느라 좀 더 늦었던 것이다. 그리고 지금은 좋아하는 만두를 입이 터져라 먹고 있다.

엄마가 만두를 사지 않고, 조금 더 일찍 오셨다면 어

어렸을 때
먹었던
그 맛을
느껴 본다.

땠을까? 그랬다면 여느 때와 같이 평범한 날이 되었으리라. 엄마를 기다리던 긴 시간과 만두가 없었다면 마흔의 나는 이 일을 추억할 수 없었으리라….

이런 순간순간의 연속이 인생이다.

당시는 내게 일어난 일이 나쁜 일 같았다. 지나고 보니 그 일로 나는 더 나은 오늘을 살고 있지는 않은지…. 아니! 어쩌면 '더 낫다, 더 못하다'는 그냥 생각일 뿐이다. 일곱 살 소녀였던 내게 그날은 배고프고 힘들었던 날이 아니다.

그냥 '엄마가 시장 갔다가 늦게 오신 날'이다.

또는 '만두 먹은 날'이다.

엄마에겐 '삼남매를 힘들게 한 날'이 아니다.

그냥 '찐빵 먹은 날'일 것이다.

마흔의 내게 일어난 일 중 나쁜 일이라고 생각되는 모든 일을 그냥 일어난 일로 받아들여 본다. '나쁘다! 좋다!'를 빼본다. 일어난 사실의 양 갈래로 나뉜 흑과 백의 '좋은 일인지 나쁜 일인지'에 대한 생각은 굳이 필요 없다. 마음의 상처는 생각에 있다. 생각을 떼어내면 사실만 남는다.

처음부터 나쁜 일은 없었다.

앞으로도 내 인생에 나쁜 일은 없을 것이다.

객관적인 자아상은 자기도식

자기도식self schemata은 능동적으로 정신 과정을 조직하고 개인이 의식적으로 또 무의식적으로 자신을 어떻게 지각하는지를 결정하는 비교적 내구성을 지닌 인지 구조를 지칭한다.

자기도식은 현실적인 것에서부터 왜곡된 것에 이르기까지 다양하다. 감정을 내려놓고 사실만 보는 것은 객관적이고 건강한 자아상을 가질 수 있게 도와준다.

더운 여름,
땀 흘리며 낮잠을 자는 내게
수박 먹으라며 깨운다.

잠이 덜 깨서
떠지지 않는 눈을 감은 채,
수박을 한 입 베어 문다.

시원한 수박물이 입안에 가득 담긴다.
그렇게 시원했던 어린 시절의
여름을 느껴본다.

12

힘듦의 첫 경험

어린 시절의 나

예전 일기예보는 틀리기 일쑤였다. 덕분에 우산이 없는 날은 가끔 비를 맞으며 집으로 와야 했다. 참으로 뛰는 걸 싫어했던 나였다. 천천히 걸으며 천천히 보는 것은 질리지 않았는데 말이다.

지금도 난 느린 것이 더 익숙하다.

덕분에 비가 내리는 날이면 실내화 가방을 머리 위

로 들고 천천히 걸었다. 나중에 뉴스에서 뛰거나 걷거나 같은 양의 비를 맞는다는 실험결과를 봤던 것 같은 기억도 있다. 하지만 그땐 걷게 되면 비를 맞는 시간이 더 길어진다는 사실에 대해서는 생각지 못했다.

겨우 난 일곱 살이었다.

여름인가? '좌~!' 하는 엄청난 소리를 내며 비가 내린다.

비를 맞으며 집으로 가고 있다.

'우르르 쾅쾅!' 번개가 내리친다. 보통 때 걸으며 맞았던 비와는 비교가 안 될 만큼 훨씬 더 굵고 세찬 비가 몰아친다. 실내화 가방을 머리 위에 쓰는 것만으로는 절대 막을 수 없는 양의 비다.

바람이 세차 비는 일직선으로 내리지 못한다. 우산을 든 사람들은 거의 앞으로 우산을 들었다. 빗방울은 그

인생에
비가 내렸을 때의
힘듦을
다시 되새겨본다.

렇게 머리가 아닌 얼굴로 쏟아진다. 빗물이 콧구멍까지 막아 숨 쉬기가 힘들다. 콧구멍 안으로 빗물이 자꾸 들어간다. 연신 손으로 닦아내 보지만 소용없다.

코가 맵다.

세찬 빗줄기는 길바닥의 먼지를 일으켜 세찬 빗방울과 함께 섞인다. 앞이 잘 보이지 않는다. 숨이 멎을 것 같은 공포와 얇은 반소매 옷 사이로 세차게 내리는 비는 온몸을 찰싹찰싹 때려 긁는다. 살이 아프고, 춥다.

한 걸음 한 걸음이 '정말 이러다 죽을 수도 있겠다.' 하는 생각이 든다. '집에 못 가겠다. 집에 가겠다. 집에 못 가겠다. 집에 가겠다.' 한 걸음마다 생각이 엇갈린다.

너무 춥고, 힘들다.

온몸의 감각이 얼어붙는다. 집으로 가는 길이 멀다.

현재의 나

마흔의 나도 빗속으로 들어간다.

빗물이 세차게 머리를 때린다. 일곱 살의 내 옆을 따라 걷는다. 어른인 내게도 굵은 빗줄기다. 하지만, 살이 아프고 숨을 쉴 수 없을 정도는 아니다.

일곱 살의 내가 머리 위로 올려 쓰고 있는 실내화 가방을 얼굴 앞쪽으로 조금 당겨준다. 일곱 살의 내가 마흔인 나를 쳐다본다.

"이제 숨 쉬기 괜찮아?" 하고 묻는다. 여섯 살의 내가 끄덕인다. 그렇게 비를 헤치고 집 앞에 도착한다. '아! 드디어 집이구나!' 하며 현관문을 연다. 문을 닫고 들어가 숨을 몰아쉰다. 이제 숨이 편안해진다.

숨이 편해지니 이제야 실내화 가방을 든 팔이 아프다. 손을 내려놓는다. 그리고 가방을 내려놓는다. 그러고 앉는다. 앉으니 이제야 축축한 감촉이 느껴진다.

언제든 그랬다.

그 나이에서 가장 힘들었던 일이 나이를 더 먹고 나면 아무것도 아닌 것이 되어있었다. 그리고 '나이를 더 먹고 겪었다면, 실내화 가방을 얼굴 쪽으로 기울이는 것처럼 더 현명하게 대처할 수 있는 방법을 알았을 텐데…' 하는 아쉬움을 가지게 한다.

그러나 어쩔 수 없다. 그땐 실내화 가방을 머리 정수리에 올리고 걸어야 하는 줄 알았을 뿐이다. 또, 가장 힘든 것이 사라져야 그다음 힘든 점이 눈에 들어오고 느껴진다. 그전엔 가장 힘든 것만 보인다. 숨을 쉴 수 없을 정도의 공포감이 사라져야 팔이 아픈 것이 느껴지듯이….

마음도 마찬가지다.

분노가 가라앉아야 무엇이 분노의 감정을 일으켰는지 볼 수 있게 된다.

무엇이 나를 그렇게 화나게 만들었는지 보게 되면 그땐 내가 화를 낼 것인지 내지 않을 것인지를 결정할 수 있다.

밤사이 보슬보슬 비가 내리면,
아침에 일어나선 마당에 나간다.

마당 한쪽의 풀숲 사이를 가만히 본다.
청개구리 한 마리가 보인다.
동생이 손으로 덥석 잡는다.

잡는 것이 무서운 난
청개구리의 등을 살짝 만져본다.
촉촉하고 보드라운 청개구리 등의
느낌을 되새겨본다.

13

비 올 땐
밖에 나가는 거 아냐

현재의 나

칠정(七情)은 인생 다반사에서 반복되고 또 반복된다. 그렇지만, 이제는 좀 알 것 같다. 불혹의 나이가 되어서야 이제야 좀 보인다.

삶에서 비가 내리기 시작하면, 소낙비처럼 바로 해가 바짝 뜨지 않는다는 것을….

엄청난 폭우가 쏟아지고 죽을 것 같은 공포를 견딘

다음 장면은 영화처럼 바로 해피엔딩 장면이 아닌 현관문 앞에서 실내화 가방을 든 팔을 내려놓고 젖은 몸이 축축함을 느끼는 일이다.

인생은 그렇게 순차적으로 흐른다.

그래서, 한 걸음 한 걸음에 정성을 다하고 신중해야 한다는 것을 이제야 알게 되었다. 그래서 또 알게 된다. 삶에서 폭우가 쏟아지기 시작하면, '난 큰 우산을 쓰고 나갈 거니 괜찮아!'라고 말하는 것이 아니라 그냥 집에 있는 것이 더 낫다는 것을….

어릴 적, 엄마의 목소리가 들려온다.

"비 올 땐 밖에 나가는 거 아니야!"

집에서 따뜻한 이불을 덮고 누워 만화책도 보고, TV도 보고, 엄마가 해주는 부침개도 먹는다. 그리고 밖에서 내리는 비를 창문을 통해 바라보기도 한다. '저렇

인생에
비가 내리면
슬퍼하지 말자.

비가 그칠 때까지
기다리면 그뿐이다.

게 비가 억세게 내리는구나!' 하고 알아차린다.

비가 내리는 날, 굳이 나가서 진흙탕에 신발이 빠지고, 예쁘게 입은 옷에 흙탕물이 튀고, 추위를 온몸으로 느낄 필요가 있는가?

비가 갠 뒤 따뜻한 햇살이 나온다.

창밖을 보니, 처마 밑에 작은 물방울이 똑똑 하는 소리를 내며 떨어진다. 마당에 나와 고인 물을 발로 밟아본다. 풀잎 끝에 아직 맺혀있는 빗방울을 손으로 톡 건드려본다. 빗물이 아직 남아있는 공기를 가슴 깊숙이 마셔본다.

그렇다. 이제서야 날씨가 개었다.

그래도 오늘 밤은 자고 일어나야 흙바닥도 마르고 축축한 공기도 말라 내일이면 상쾌한 느낌을 받을 수 있을 것이다.

비가 그치고 땅이 마를 때까지, 해가 화창해질 때까지는 마음의 꽃잎을 잠시 닫아도 좋지 않을까?

어느 날 저녁,

아빠는 강아지 한 마리를 품에 안고 오신다.

강아지는 작고 귀엽다.

손으로 만져본다.

털이 보드랍다.

혀로 내 손을 핥는다.

처음 느끼는 이상한 느낌이다.

강아지가 하는 대로 둔다.

5

인생에서 일어난 엄청난 일

14

어른세계에만 있는 규칙

어린 시절의 나

유치원 시절, 친하게 지내던 단짝 친구가 있다. 종종 친구의 집에 놀러 가기도 하고, 그 친구가 우리 집에 놀러 오기도 한다. 눈이 크고, 흰 피부에 성격이 밝은 친구가 좋다. 그 친구의 집과 우리 집은 골목을 두 개 정도 지나 있었다. 저녁 무렵, 친구의 집 대문 앞에서 소꿉놀이를 하다가 천진난만한 표정으로 내가 묻는다.

"근데, 너희 엄마가 작은 부인이야?"

엊저녁 부모님이 저녁을 드시며 나눈 이야기를 귀동냥으로 들었다. 작은 부인이 무슨 뜻인지 궁금했던 난, 친구에게 물어봐야지 생각했다. 친구도 그게 무슨 말인지 모르는 것 같다. 우리는 소꿉놀이를 계속한다.

그날 한밤중에 대문을 두드리는 소리가 난다. 밖이 시끄럽다. 눈을 떠보니, 친구의 엄마가 우리 집 대문 앞에 서있다. 친구의 엄마는 항상 예쁘게 화장을 한다. 화장이 진하다. 그리고, 짙은 향기도 난다. 예쁜 옷을 입고 예쁘게 화장을 한 짙은 향기가 나는 친구 엄마가 우리 엄마와 길게 이야기를 나눈다.

엄마는 연신 '죄송하다'고 고개를 수그린다. 뭔진 모르겠지만, 무언가 잘못됐다는 육감이 느껴진다. 그리고 혼날 것 같다는 느낌도 든다. 살짝 무서워지려고 할 무렵, 아줌마는 다시 이런 일 없게 해달라고 말하고 돌아가신다.

자다 깰 정도로
걱정했던 일이 있다면,
당시의 걱정스런 느낌을
충분히 다시 느껴본다.

그날 밤, 엄마는 '작은 부인'의 의미가 상대방에게 예의에 어긋나는 단어임을 강조하고 또 강조한다.

내 머릿속에는 '작은 부인'의 의미가 아직도 궁금한 채로 남았고, 엄마한테 맞지 않아서 좋다고 생각할 뿐이다.

현재의 나

여섯 살이던 그해, 어린 난 아무것도 몰랐다.

어른들이 말하는 큰일이란, 내겐 큰일이 아니었다. 친구 엄마의 크기가 '작은 부인'이든, '큰 부인'이든, '중간 부인'이든 내겐 상관없는 일이었다. 아줌마가 우리 엄마에게 뭐라고 한 것인지, 엄마가 왜 죄송하다고 하는 것인지 알 수 없었다.

하지만, 이제 마흔인 난 여덟 살 아들에게 '이런 말은 하면 안 되고, 저런 말은 하면 안 된다.' 하며 안 되는 것에 대해 말한다. 그러다 문득 유치원 시절 내 말실수가 떠올랐다.

'작은 부인'은 배워야 아는 말이다.

우리가 아는 모든 것은 실은 배움에 기초한다.

배운 대로 생각하고 배운 대로 행동한다.

우린 그런 규범과 규칙을 끊임없이 배우며 살아간다. 나이가 들며 이혼, 재혼, 불임, 파산, 죽음 등 어릴 적 특별한 일부 사람에게만 일어나는 일이며 내 주변에서는 절대 일어나지 않을 것이라고 생각했던 모든 일에 직·간접적으로 연결된다.

당신이 '내게 일어나선 안 되는 일'이라고 생각하는 목록 중 하나를 경험하게 된다면, 삶의 나락으로 떨어지는 느낌을 경험할 수 있을 것이다.

'내게 일어나선 안 되는 일'에 대해서는 마음의 매뉴얼이 없다. 일어날 줄 모르기 때문이다. 그래서, 당황스러움과 공포감은 상상을 초월한다.

유치원 시절, 나를 떠올려 보자.

그때의 눈높이로 지금의 사건을 바라볼 수 있을까?

일어나면 안 되는 일은 오히려 처음에는 없었다.

누가 만든 것이 아닌 내가 만든 것이다.

도덕적인 규율이나 규범이 내 마음을 힘들게 한다면, 잠시 내려놓아 보자.

내 안에 그것이 없었던 시절로 인생의 첫 기억으로 나를 보내본다. 그 시절의 순수했던 느낌으로 사건을 다시 바라보자. 그때의 시각에서 일어나면 안 되는 일이 일어난 현재의 나를 사랑할 수 있을까? 어린 시절, 되고 싶지 않았던 실패한 나를 사랑할 수 있을까?

한 번쯤
동심으로 돌아가
원하는 대로
그냥 해봐도 좋지 않을까?

규칙을 깨는 자기결정성

자기결정성self-determination은 보상이나 외부 압력 등에 의해 강요된 것이 아니라 선택할 수 있는 능력이고, 자신의 행동을 스스로 결정하는 것을 말한다.

내 안에 '이건 안 돼'라는 생각을 벗어던지고, '그래도 된다'로 생각을 바꾼다. 내 인생을 재단장시켜 보자.

15

동심은 언제나 옳다!

현재의 나

즐겨 봤던 만화가 간혹 떠오른다. 그중 마법으로 하루에 한 가지 소원을 들어주는 스토리의 만화가 있다.

주인공의 소원을 들어준 마법은 저녁이 되어 해가 지면 사라진다. 그래서 해가 지기 전에 모든 소원을 이루기 위한 계획을 끝내야 했다. 마치 숨바꼭질하며 놀다 해가 지면 집으로 오라고 부르는 엄마의 목소리와 함께 자유시간이 끝나 버리는 것처럼 말이다. 뛰어놀던 골

목의 추억이 깃든 만화다.

여덟 살 된 아들은 매주 화요일을 기다린다.

매주 화요일은 아파트 안에 시장이 선다. 장도 볼 겸, 두 남매와 함께 들르곤 한다. 아들은 핫도그도 먹고, 작은 문구점에 들러 장난감도 하나 고른다.

두어 평 남짓 되는 크기의 작은 문구점에는 장난감 종류가 많지 않다. 매번 가니 이젠 고를 수 있는 장난감이 거기서 거기다. 대형마트에서 파는 몇 만 원짜리 큰 장난감은 찾아볼 수 없고, 대충 천 원 단위에서 끝나는 수준이다. 미안했던 난 어느 화요일 장에 가기 전에 아들에게 묻는다.

"오늘은 문구점 말고, 이마트 가서 큰 장난감 골라볼까? 마트에는 장난감 종류도 훨씬 더 많고, 더 큰 장난감도 있잖아. 어때?"

돌아온 대답에 난 실소했다. 아주 잠깐 골똘히 생각한 아들은 단호하게 거절한다. 절대로 싫단다. 엄마 그러지 말란다. 설탕 묻힌 따뜻한 핫도그를 먹으며, 딱지 고르는 게 더 좋단다.

오늘도 장에 가잔다.

이번 화요일에도 아들의 소원을 한 가지 들어준다.

어린 시절의 나

엄마와 우리 삼남매는 어딘지 모르는 곳으로 가고 있다. 언니는 내 손을 잡고, 엄마의 뒤를 바짝 쫓는다. 엄마는 남동생을 업고 있다. 어딘지 모르지만, 계속해서 간다. 다리가 아픈 건 둘째 치고, 배가 고파서 어지러울 지경이다. 참다못한 나는 용기 내어 엄마에게 말한다.

"엄마! 배고파!"

엄마는 말이 없다. 그리고 계속 걷는다. '못 들으셨나?' 난 속으로 엄마의 대답을 기다린다. 답이 없다. 한참을 그렇게 걷다가 다시 한 번 용기를 내어본다.

"엄마! 배고파!"

"지금 가고 있잖아!"

소리 지르는 엄마 때문에 화들짝 놀란다.

난 배고프다고 하는데, 엄마는 왜 가고 있다고 하는 걸까? 걷는 건 아까 아까부터 계속해서 하고 있었는데 가고 있다니 말이다. 심지어 어디를 가는지조차 말해 주지 않았다.

이건 배고프다는 말에 대한 충분한 대답이 아니다.

엄마의 충분한 답을 들어야겠다고 생각한다. 난 다시 말한다.

"엄마! 배고파!"

엄마가 날 노려본다. 무섭다. 난 내가 뭘 잘못했는지 도통 모르겠다.

마흔의 나를 걷고 있는 여섯 살 내 옆에 보낸다.

다시 말하려는 여섯 살 나의 손을 마흔의 내가 살며시 잡는다. 여섯 살 내가 마흔의 나를 쳐다본다. 마흔의 나는 여섯 살의 내게 하지 말라는 눈짓을 보낸다.

'아! 싫다! 배고프다! 힘들다!'

여섯 살의 내가 싫다는 눈짓을 한다. 말하겠다 한다. 마흔의 내가 업어주겠다고 한다. 여섯 살의 내가 싫단다. 그때 어디선가 상상할 수 없는 맛있는 냄새가 난다.

와~ 짜장면 냄새다.

어린 시절의 짜장면처럼
현재의 내가 좋아하는 음식을
나에게 선물해본다.

나에게 좋은 감각을 준다.
그렇게 '지금, 여기'를 느껴본다.

우린 중국집 앞에 있다. 엄마는 중국집으로 가고 있었다. 왜 미리 말해주지 않았을까? 그랬다면 나도 기다렸을 텐데…. 여섯 살 나는 갸우뚱한다.

그날의 짜장면 맛이란, 잊을 수 없는 맛이었다. 마흔의 나도 옆에 앉는다. 짜장면을 먹는다. 여섯 살 내게는 잊을 수 없는 맛….

그런데 아니다.

마흔인 나에겐 그냥 짜장면 맛일 뿐이다.

현재의 나

마흔의 나는 가만히 생각한다. 여섯 살 나에게 왜 배고프다 말하지 말라 했을까?

왜 참으라고 했을까?

그리고 다시 생각한다.

나는 내가 원하는 것을 말할 수 있나?

나의 소원을 정확하게 표현하고 사는가?

친구 A는 상견례를 마친 뒤부터 미래 형님이 될 분의 폭격을 받기 시작했다. 형님은 시댁의 단점을 이야기하며, 그동안 겪었던 본인의 경제적이며 정신적인 피해에 대해 친구 A의 호응과는 관계없는 폭격을 퍼부었다.

그렇게 시작된 폭격은 형님 편을 들어주어도 혹은 편을 들어주지 않아도 계속되었다. 어느 날은 제 편을 들어주지 않아 저럴까 싶어 시어머니 욕을 시원하게 해줬다고 한다. 그래도 그녀는 여전했다.

세월이 지난 후 친구 A는 알게 되었다.

형님을 제 편으로 만들든, 만들지 않든 그녀의 폭격은 멈출 수 없다는 것을. 그녀는 처음부터 멈출 생각이 없었다. 다만, 그건 그녀의 불평불만을 말하는 성격의 일부였을 뿐이라는 것을 친구는 깨닫는다.

그리고 그건 애초에 친구 A의 문제가 아니라 형님의 문제였다는 것을….

그리고 또 알게 된다.

감정을 받은 건 형님이 아닌 친구 A, 자신이었다는 사실을….

종종 다른 사람이 준 감정을 그대로 받아 들고 그것이 그 사람이 준 것처럼 화를 내는 경우가 있다. 하지만, 그렇지 않다. 그 감정을 내가 받지 않으면 그만이다.

쉽지 않다. 알고 있다. 그래서 더욱 해야 한다.

처음 형님의 폭격이 시작되었을 때, '나는 그 감정을 받고 싶지 않다'고, '시댁에 대해 그렇게 말하는 것은 듣기에 거북하다'고 표현했어야 했다.

'한 번 참으면 되겠지!'라는 생각은 다음 폭격을 받을 준비가 될 뿐이다.

지금 당장 내가 원하는 것을 큰 소리로 말해보자! 동심으로 돌아가 해도 되는 일, 해선 안 되는 일 등 복잡한 모든 감정은 내려놓고, 내 소원에만 집중해보자! 내가 원하는 그것이 무엇인지는 나만 안다. 말하지 않으면 아무도 알 수 없다.

자~
해가 지기 전에
소원을 말해봐!

내 소원은 자기표현

자기표현self-assertion은 타인에게 불안을 느끼지 않고 자기의 감정을 적절히 표현하는 행동이다.

겸손한 태도로 자신감을 가지고 정확하게 전달하는 것을 의미하며, 건강한 자기표현은 긍정적인 대인관계 형성에 중요하다.

일곱 살 내가 학교 앞
작은 종이상자 안에
옹기종기 모여 앉은 병아리를 보고 있다.
'삐약삐약 삐약삐약'

엄마를 찾는가 보다.
작고 보드라운 깃털이
아이들의 거친 손 사이에서
떨린다.

엄마를 잃은 불쌍한 병아리들을
떠올려 본다.

16

STOP! 이제 그만!

어린 시절의 나

부모님과 할머니, 그리고 언니와 나, 동생까지 우리 가족은 여섯 명이나 되는 대가족이었다. 덕분에 식사 시간은 보이지 않는 전쟁터와도 같았다. 엄마는 대개 충분히 넉넉한 양의 음식을 준비해주셨다. 하지만 종종 맛있는 음식은 충분하지 않을 때도 있었다.

그럴 때면 언제나 그 몫은 할머니나 아버지 몫이었다. 그리고 우린 나머지 반찬으로 밥을 먹었다. 그 시절, 동태찌개를 끓이면 왜 엄마는 항상 대가리만 드시는지 몰랐다.

어느 날 저녁 식사시간이다.

오늘은 맛있는 돼지고기 찌개가 메인 메뉴다. 맛있게 저녁을 먹는다. 여섯 살의 나는 밥 먹는 속도가 빠르지 못해 항상 꼴찌로 밥을 먹었다. 오늘도 다른 가족들은 모두 식사를 마쳤다. '어라!' 오늘은 아직도 동생이 같이 먹고 있다. 동생과 내가 먹는 모습을 엄마가 옆에서 지켜본다.

지켜보던 엄마가 갑자기 젓가락을 집는다.

동생의 밥그릇으로 젓가락이 향한다. 밥그릇에 얼굴을 거의 묻고 먹던 동생은 손으로 밥그릇을 가리며 소리 지른다.

"안 돼!"

남동생은 제일 마음에 드는 반찬을 항상 맨 마지막에 먹는다. 그날도 남은 메추리알 한 알을 밥그릇에 넣은 채로 밥을 먹었다. 한 수저 먹고 쳐다보고, 두 수저 먹고 쳐다보고, 세 수저 먹고 쳐다보고…. 밥을 푸는 수저 사이로 밥그릇 안을 굴러다니는 메추리 알을 보고서 엄마는 이 녀석이 안 먹으려나 보다 하고 가져가려 하신다.

남동생의 포효하는 소리에 모두 놀라 쳐다본다.

괜스레 엄마가 멋쩍어한다. 남동생은 마음에 드는 반찬이 다 없어지기 전에 안전한 자신의 밥그릇 안에 넣어둔 것이다. 남동생은 성질이 고약한 부분이 있었다. 자기 뜻대로 되지 않으면 성질을 부렸는데 아무도 말릴 수 없을 정도였다.

이 사건 이후로 아무도 남동생의 밥그릇에 손을 대지 않았다.

현재의 나

어른은 어린아이보다 왜 인간관계에 더 많은 에너지를 소모할까?

동료 A는 40대 후반이다.

그녀는 남편과 행복한 가정을 꾸리고 슬하에 딸 둘을 두었다. 다만, 문제가 되는 것이 있다면 시아버지의 아들 바라기다. 대를 이어야 한다는 사명감 아래, 시아버지는 다양한 방법으로 며느리에게 후손을 더 낳을 것을 강요한다.

누군가는 요즘 세대에 없는 이야기라고 한다. 하지만 당하는 누군가에겐 요즘 세대라는 말조차 의미 없다. 시아버지는 아들 내외가 드리는 용돈도 거부하고, 명절에 내려올 생각도 하지 말라며 역정을 내셨다. 내가 조상 뵐 낯이 없다며 눈물도 보이셨다.

실제로 보내드린 용돈을 다시 입금하시기도 했단다. 이쯤 되면, 동료 A는 며느리의 입장에서 다양한 생각이 든다.

며느리로서가 아닌 가족의 행복을 위해서라도 내가 아이를 한 명 더 낳아야 할까?

그런데, 셋째가 또 딸이면 어떻게 하지?

내 나이가 쉰이 다 되어가는데 셋째를 낳는다면 잘

키울 수 있을까?

노산인데, 임신해서 아이나 내가 잘못될 수 있지 않을까?

남편은 아들이 없어도 괜찮다는데, 정말 괜찮을까?

내가 남편과 시아버지 사이를 나쁘게 만든 걸까?

어른이 된 후 어떤 일로 마음이 더 복잡해지는 것은 이런 수많은 생각들 때문이다.

내가 이 수많은 생각 사이에서 행복할 수 있을까?

STOP!

남동생이 반찬을 지키기 위해서 자기 밥그릇을 안고 '안 돼!'를 외쳤듯 나를 보호하기 위해 모든 생각을 그만두자! 생각은 긍정적인 생각보다 부정적인 생각을

나를 파괴하는
모든 생각을
STOP!

더 많이 만들어낸다. 생각은 생각을 낳는다. 그렇게 만든 부정적인 생각은 관계에 악영향을 끼칠 뿐이다. 계속되는 생각 속에서 진정 원하는 삶을 찾기는 힘들다.

'그만!'이라고 생각만 해도 좋고, 말로 'STOP!'이라고 외쳐도 좋다.

너무 복잡한 일에 생각이 얽매여 있을 때 큰 소리로 외쳐보자!

"이제 그만!"

건강한 자기초점의 탐색!

자기초점 주의self-focused attention란 자신의 생각, 느낌, 행동이나 외모 등에 초점이 맞추어지는 주의를 말한다(Fenigstein et al., 1975).

건강한 자기를 유지하기 위해 삶의 건강한 초점을 잡을 수 있어야 한다.

여섯 살 내가 고사리손으로

옥수수 한 알을 떼어본다.

잘 익은 옥수수알은

손가락 사이로 으깨진다.

다시 한 알을 떼어본다.

신기하다.

입안 가득 옥수수를 '앙!' 하고 베어 문다.

6

감정의
미니멀리즘

17 ——

나, 지금 여기!

현재의 나

오늘도 여느 때와 같은 아침, 네 살배기 딸은 화단 경계석인 벽돌 한 장에 자신의 한 발, 한 발을 맞춘다.

작은 발로 벽돌 한 장에 한 걸음, 다른 발로 벽돌 한 장에 또 한 걸음. 양팔을 벌리고 중심을 잡아가며 한 걸음 한 걸음에 신중하다.

걷기도 바쁠 텐데, 뭐라 뭐라 이야기도 재잘댄다.

"오빠들이 간 곳은 학교! 가우리가 가는 곳은 어린이 집! 가우리는 학교에 못 가! 커야지 돼!"

자신의 이름도 제대로 발음하지 못하면서 학교와 어린이집의 차이를 이해한 딸이 기특하다. 마흔의 내 얼굴에 웃음이 터진다.

가만히 아이를 바라본다.

내 어릴 적 생각이 난다. 나도 가만히 벽돌 위로 내 발을 옮긴다. 벽돌 두 장에 내 발 하나, 그다음 벽돌 두 장에 다른 발 하나…. 양팔을 벌리고 가만히 딸아이를 따라 걸어본다.

그러다 생각한다.

걸음 하나하나가 인생과 닮았다.

한 걸음, 한 걸음 기쁜 마음으로 걷다가 갑자기 중심을 잃고 넘어진다. 다시 일어서서 걷다가 뛰어도 본다. 다시 조심스럽게 걸어본다.

마흔의 내 나이 한 걸음을 내딛어 본다.

마흔이 되어서도 인생의 어디쯤에서 넘어질지 알 수 없다. 지금 일어나는 일이 앞으로 좋은 일이 될지 나쁜 일이 될지도 알 수 없다.

마흔쯤 되면 알 수 있을 줄 알았다.

벽돌 길이 좀 더 평탄하고, 넓어지고, 넘어지지 않을 큰 길로 변할 줄 알았다.

하지만 아니다. 벽돌 길은 계속된다.

그리고 넘어졌던 것 또한 쭉 걸어온 벽돌을 보듯 내 생의 일부인지라 따로 떼어낼 수 없다. 걸음을 멈추고 뒤돌아 걸어내린 벽돌을 쭉 훑는다. 갑자기 눈시울이 뜨거워진다. 아주 작게 내게 속삭여본다.

그래! 지금까지 잘 왔다.

어린 시절의 나

가끔 마당에 돗자리를 펴고 엎드려 숙제를 하곤 했다. 일곱 살 나는 마당에 엎드려서 공책에 뭔가를 끼적이고 있다. 얼마 못 가 어깨가 아프다.

'에라 모르겠다!' 누워버린다. 맑고 건조한 바람이 누워있는 내 콧잔등을 간지럼 태운다.

눈을 감고 바람을 느껴본다.

고요한 소리…. 귓가에 고요한 소리가 난다.

천천히 눈을 뜬다. 하늘에 구름이 있다.

아니, 하늘에 구름이 간다.

고요한 소리는 구름이 가는 소리였나? 하얗고 포송포송한 구름이 간다. 내 나이 일곱 살, 구름이 움직인다는 것을 알게 된다. 신기하다.

계속해서 본다.

하늘이 높고 청명한 그날, 난 마당 한가운데 누워 하염없이 구름을 바라본다. 큰 구름은 내 바로 위에 있고, 작은 구름은 큰 구름 위에 있다. 나와 가까이 있는 큰 구름은 작은 구름보다 더 빨리 간다.

더 빨리 가는 큰 구름의 소리는 더 크다.

하늘에 구름이 떠간다.
가만히 바라본다.
그렇게 내 마음도 가만히 둔다.

작은 구름은 저 멀리서 아주 조금씩, 자세히 보아야 느낄 수 있을 정도로 가만히 간다. 그래서 작은 구름의 소리는 거의 들리지 않는다.

맑은 하늘에 포송포송 구름이 가는 소리를 들으며, 나는 구름 냄새를 맡아본다. 깊게 심호흡하며 공기를 쭉 들이마신다. 달콤한 냄새가 난다.

'아~ 솜사탕같이 생겨서 솜사탕 냄새가 나나?'

할머니가 찐 감자를 내오신다. 할머니의 찐 감자는 솥에 찌고 난 후, 프라이팬에 기름을 두르고 감자 겉을 살짝 그을린다. 마지막에 설탕까지 뿌려야 할머니표 찐 감자다. 누구의 찐 감자도 그 맛을 따라올 수 없다. 포슬포슬 감자를 한입 앙 깨물어 본다. 뽀송뽀송 구름 맛이다. 참으로 맛나다.

여섯 살 아침에는 새소리가 있다.
'짹짹' 하는 참새 소리에 선잠을 깬다.
눈을 감고 가만히 듣는다.
아침잠을 기분 좋게 깨웠던
새소리를 기억 속에서 들어본다.

18 ——

감각의 극대화

현재의 나

"엄마! 이건 뭐야?"

초등학교 1학년인 아들은 처음 보는 음식은 입에 대지도 않는다.

경계 태세를 갖춘 아들은 엄마가 식탁에 올렸으니 한 번 먹는 시늉은 해야 할 것 같긴 한데, 영 싫은가 보다.

"응! 이건 곰국이라는 거야!"

환절기에 남편과 아들을 생각해 우족으로 곰국을 끓였다. 처음 끓여본지라 아들도 처음 보는 음식이다. 아들은 건져주는 우족을 신기하게 쳐다보다 젓가락으로 찔러본다. 물컹한 느낌의 우족이 콜라겐 때문에 젤리처럼 살짝 흔들린다. 얼굴을 한껏 찌푸린다. 한참을 망설이던 아들이 말한다.

"난 먹기 싫은데…."

유아 시절에는 감각이 살아있다.

그래서, 오감을 크게 느낀다. 보는 것도, 듣는 것도, 만지고 느끼는 것도, 그리고 먹는 것도 마찬가지다. 아이들의 미각은 어른보다 훨씬 더 섬세하고 민감하게 반응한다. 어린 시절 먹기 싫어하는 음식을 억지로 먹이는 것은 좋지 않다고 전문가들은 말한다. 하지만, 그것은 전문가들의 말이다.

"새로운 음식 맛볼 때는 어떻게 하라고 했지?"

"크게 한입 먹어보라고…. 그래야 충분히 맛볼 수 있다고…."

기억과 행동은 왜 별개일까? 아들은 제일 작은 고기 한 조각을 떠서 입에 넣는다. 움찔움찔 씹어본다. 겨우 한 조각 먹은 아들이 말한다.

"엄마! 난 곰은 빼고 국물만 주세요!"

결국, 웃음이 터졌다. 이후로 아들이 싫어하는 곰국은 식탁 위에 올리지 않는다. 조금 더 크면 그때 다시 시도해보리라!

어린 시절로 돌아가 오감을 충분히 느꼈던 시간을 떠올린다.

그때는 '지금'을 살았다.

지금 먹고 있는 음식의 맛이 짠지, 달달한지 그리고 입안에서 느끼는 촉감은 어떤지 생생하게 느끼며 먹었다. 걷고 있는 발바닥의 느낌, 내가 앉아있는 엉덩이의 느낌, 풀숲 사이의 개구리의 모양, 보고 있는 햇살의 눈부심, 뺨을 스치는 바람의 느낌, 바람의 냄새, 모든 것이 생생했다.

그런 내가 어른이 되어버린다.

20대 중반에 입사한 회사는 큰 건물 안에 있었다. 대학에서는 강의장을 옮길 때마다 캠퍼스 안을 뛰어다니며 계절을 느꼈다.

하지만 회사는 달랐다. 회사 안에 들어가면 해가 지고 나서야 나올 수 있었다. 종종 회사 밖에서 점심을 먹을 때도 점심시간 한 시간이 촉박해 바쁘게 먹고 들어가야 했다. 회사 안에서는 계절이 바뀌는 것도 느끼기 힘들었다.

그렇게 나이를 먹었다. 그러다 아이를 낳고, 그래도 회사 다닐 때는 인간의 기본권은 누리고 살았다는 걸 알게 된다.

누운 채로 우는 아이, 생후 1년 미만의 아이가 있는 엄마는 사람답게 먹지 못한다.

밥을 먹다가도 아이가 울면 수저를 놓아야 한다. 그래서, 엄마들은 자신의 밥상을 차리지 않는다. 선 채로 공깃밥에 김치나 김만 놓고 먹는 엄마들도 있다. 대충 허기만 때우는 것이다.

그렇게 배고픔을 잊기 위해 먹게 된다.

음식의 맛을, 음식의 촉감을 충분히 느끼지 못하고 그냥 입속으로 빨리빨리 처넣게 된다.

그렇게 나이가 들면서 식사의 의미는 오감과는 점점 더 동떨어진다.

어린 시절의 나

"와! 눈이다!"

마당에 보송보송한 함박눈이 내린다.

남동생과 나는 입을 벌린 채 하늘을 바라보며 펄쩍펄쩍 뛴다. 동생의 눈만큼 큰 눈송이가 하늘에서 내린다. 입을 벌리고 내리는 눈을 먹어본다.

어린 시절,
내가 있던 그곳에
눈을 내려본다.

사랑스럽다!

차갑다. 그리고 아름다운 맛이다.

마당에 쌓인 눈을 손으로 뭉쳐본다. 보송보송 눈은 손에 묻지 않고 뽀득뽀득 소리를 내며 잘 뭉쳐진다. 동생의 머리 위에 눈송이가 매달린다. 그것도 재미있어 깔깔 웃으며 손으로 털어준다. 몇몇 눈송이가 동생의 머리카락에 배어들어 촉촉한 물방울로 변한다.

부드럽고 곱다.

가로등 불빛에 반사되어 눈송이가 반짝반짝 빛난다. 소복소복 소리를 내며 마당에 한없이 쌓인다. 마당에 쌓인 눈 위로 발자국을 낸다. 동생이 신은 아빠 슬리퍼 자국 하나, 내 신발 자국 하나! 엄마는 연신 춥다고 들어오라고 손짓하신다. 어둑한 밤하늘 아래 동생과 나를 눈송이가 밝혀준다. 마음의 하늘이 밝아진다.

좋다! 그래! 이것이 동심(童心)이다.

명절 선물 바구니에서나
볼 수 있던 바나나~

바나나를 처음 먹어본
그때를 기억해본다.
태어나 경험해보지 못한 맛~
쌓아놓고 먹고 싶은 맛~
그 맛을 느껴본다.

19

미래의 나를 만나다!

현재의 나

지난 40년 생을 돌이켜본다.

고등학교 3학년 시절, 교실에 들어오는 선생님마다 우리를 이렇게 위로했다.

"힘들어도 조금만 참아!"

당시에는 솔직히 힘든 줄 몰랐다. 새벽까지 공부하

는 모범생 스타일도 아니었고, 학교가 가기 싫은 내성적인 아이도 아니었다. 하지만 들어오는 선생님마다 힘든 거 안다고, 조금만 참으면 된다 하신다. 그래서, '고3은 힘든 거구나!' 했다.

그렇게 20대를 맞이한다.

20대에 첫사랑을 알게 된다. 그리고 헤어짐도 알게 된다. 그땐 마음이 무너지는 느낌이었다. 그리고 시간이 지나니, 무너졌던 마음도 보듬어진다. 그리고 또 다른 사랑이 있다는 것을 알게 된다.

그렇게 30대를 맞이한다.

세상에는 남자와 여자뿐 아니라, 다른 더 많은 구성원이 있다는 것을 알게 된다. 관계는 살면 살수록 더 복잡해지고 다양해진다. 변하지 않는 사실은 모두 자신을 중심으로 지구가 돈다는 것이다. 더 많은 관계를 배우면서 더 많이 마음을 다친다. 그렇게 30대가 간다.

그렇게 40대를 맞이했다.

이제는 현재 일어나는 내 주변의 일에 대해서 한 발을 떼어 거리를 두고 볼 수 있게 된다. 흙탕물 안이 아닌 밖에서 보는 법을 알게 된다. 굳이 흙탕물 안으로 들어가지 않아도 생을 살아낼 수 있다는 것을 알게 된다. 그렇게 앞으로의 40대를 기대해본다.

미래의 나

일곱 살의 내가 교실 한가운데 앉아있다. 주변 마룻바닥에는 오줌이 흥건하다. 내 바지는 젖어있고, 주변의 친구들이 나만 보고 있다. 무서운 선생님도 나를 보고 있다. 그대로 난 교실 한가운데에 앉아있다.

마흔의 나를 일곱 살의 내 옆으로 보낸다.

일곱 살 내 손을 마흔 살 내가 꼭 잡는다.

“엄마가 올 때까지 같이 있어줄게! 괜찮아!”

일곱 살 나를 위로한다. 일곱 살 내가 공포에 질린 흐릿한 눈빛으로 마흔의 나를 쳐다본다. 그러다 끄덕거린다. 알겠다고 한다.

팔순의 나를 마흔의 내가 떠올린다.

팔순의 나는 할머니가 되었다. 늙었지만, 건강하다. 편안한 웃음이 돋보이는 귀여운 할머니다.

팔순의 나는 마흔의 내 옆에 가 앉는다.

일곱 살의 나, 마흔의 나, 팔순의 내가 나란히 교실 한가운데에 앉아있다. 마흔의 내 손을 팔순의 내가 꼭 잡는다. 팔순의 나는 마흔의 내 가슴을 쓸어준다. 그리고 작게 속삭인다.

"괜찮아! 정말 괜찮아! 마흔의 네가 속상해하는 일은 지금의 내겐 정말 아무것도 아니야! 괜찮아!"

팔순의 나를 마흔의 내가 쳐다본다. 마흔의 내 눈에 눈물이 고인다.

"정말?"

팔순의 내가 고개를 끄덕인다.

마흔의 내가 일곱 살의 나의 등을 쓰다듬듯이, 팔순의 내가 마흔의 나의 등을 쓸어준다. 마흔의 내 눈에서 눈물이 똑 하고 떨어진다. 볼을 타고 흘러내리는 눈물을 일곱 살의 내가 닦아준다.

고사리 같은 손이 딸아이의 손을 닮았다.

마흔의 내가 격하게 울어버린다.

다들 시간이 해결해줄 거라 말한다. 그런데, 잘 모르겠다. 내가 지금 힘든 일을 긍정적으로 생각하면 된다고 말한다. 하지만, 나는 정말 모르겠다. 다른 사람들 말은 내가 정말 힘들 때는 귀에 들어오지 않았다.

하지만 일곱 살의 나와 팔순의 내가 마흔의 내게 괜찮다고 하니 갑자기 눈물이 난다. 괜찮아진 것 같지는 않은데, 그냥 눈물이 난다. 왜 그런지 모르겠지만 그냥 펑펑 울고 싶다.

그렇게 위로받는다.

나를 가장 잘 아는 나에게서, 나를 위로받는다.

자신만 생각하던 과거의 나와 나를 가장 사랑하는 미래의 내가 괜찮다고 하니 조금이나마 마음이 놓인다. 시간이 지나면 괜찮아진다는 말은 시간이 지나봐야 알 수 있다. 결과는 미래의 나만 알고 있는 일이다.

그렇게 나는 고양이 신에게 배우지 못한 혼자 위로 받는 법을 배워본다.

그리고, 내 마음의 위로가 되어준 또 다른 나에게 말한다.

"사랑해!"

나를 위로해준
어린 시절의 나와
미래의 나에게
말해본다.

사랑해!

미래의 나는 건강한 자기애

스스로를 가치 있고 소중한 존재로 여기는 자기애는 개인의 심리적 안녕을 지켜나가는 데 중요한 요소로 제시된다. 자기애는 자존감을 유지하는 원동력으로 타인과의 관계에서도 긍정적인 영향을 발휘한다.

특히, 건강한 자기애는 자아존중감의 의미로도 사용되기도 한다. 상처받은 '내 마음의 치유'는 나를 사랑하는 마음에서 시작된다.

나는 기억의 일부인가?
아니다.
나는 나다.
그런데, 왜 과거의 기억으로
나를 괴롭히는가?

현재의 나로 살아보자!
과거의 생각, 감정을 내려놓고,
현재의 감각을 느끼며
그렇게 '여기 지금!'을 느낀다.

진짜 나를 찾는다.

지금 이대로의 내가 좋다.

참고문헌

노스텔지어의 유형이 기부의도에 미치는 영향: 자기향상감과 사회적 책임감을 통한 조절초점의 매개된 조절효과를 중심으로(차문경, 이유재, 2014)

기부 동기와 기부 의도에 영향을 미치는 심리적 요인: 기부와 자기의 관계성에 관한 탐색적 연구(이병관, 문영숙, 2015)

대인불안 성향자의 자기초점 주의 성향의 특징: 방어적 자기초점 주의 성향 대 비방어적 자기초점 주의 성향(이지영, 2001)

대학생의 자아분화, 자아존중감과 정신건강 간의 관계: 우울, 불안을 중심으로(김상옥, 전영자, 2013)

소셜 미디어의 수용결정요인에 대한 연구: 자기효능감, 자기표현, 사회문화적 영향을 중심으로(진창현, 여현철, 2011)

자기연민과 심리적 안녕감 간의 관계에서 수용의 매개효과 검증(이성준, 유연재, 김완석, 2013)

시사상식사전, 박문각, 2014

인터넷 중독 집단상담통합프로그램이 인터넷중독 경향 고등학생의 자기결정성과 인터넷중독에 미치는 효과(박경한, 김희숙, 2017)

대학생의 자기대상경험과 자기애 간의 관계: 공감지각 및 수치심의 매개효과(최서현, 최수미, 2017)

나는 나를 위로한다

포스트 코로나 시대 셀프 위로법

초판 1쇄 발행 2020년 7월 30일

지은이 글서
편집 김정연
디자인 최윤선, 정효진
인쇄 남양문화사

펴낸곳 커리어북스
출판 등록 제 2016-000071 호
주소 용인시 수지구 수풍로 90, 104-703
전화 070-8116-8867
팩스 070-4850-8006
이메일 career_books@naver.com
ISBN 979-11-959018-9-0
강의문의 www.elsi.kr(감정노동해결연구소)

* 이 도서의 국립중앙도서관 출판예정도서목록(CIP)은 서지정보유통지원 시스템 홈페이지(http://seoji.nl.go.kr)와 국가자료공동목록시스템(http://www.nl.go.kr/kolisnet)에서 이용하실 수 있습니다. (CIP제어번호 : CIP2020030562)